JN182221

All about Peter Rabbit™

ピーターラビット™のすべて

ビアトリクス・ポター™と英国を旅する

Travelling the UK with Beatrix Potter™

文・写真　辻丸純一
監修　河野芳英

私ははっきりと——すりきれたカーペットにさんさんとふりそそぐ、
あのスコットランドの太陽の輝きのようにはっきりと——
覚えています、私が10歳になった日の朝のことを。
その日、父は誕生日のプレゼントに、ミセス・ブラックバーンが写生した
鳥の本をくれるといっていたのです。

——『ビアトリクス・ポター　描き、語り、田園をいつくしんだ人』
（ジュディ・テイラー／著　吉田新一／訳　福音館書店）より

菜の花で大地がおおわれる、スコットランド・ボーダーズ地方の初夏。ビアトリクスは家族とともに、しばしばスコットランドを訪れていた。

ビアトリクスが「もっとも美しい湖」と讃《たた》えた、イングランド北部・湖水地方のエスウェイト湖。

あるひとは　あるばしょがすきで、
また　べつなひとは　べつなばしょがすきです。
わたしは　どうかといいますと、
チミーとおなじように　いなかにすむほうがすきです。

――ビアトリクス・ポター作・絵『まちねずみジョニーのおはなし』（いしい ももこ／訳　福音館書店）より

パステルカラーの家が並ぶ、テンビーの海岸。『ピーターラビットのおはなし』で白いねこがのぞきこむ池は、この町の邸宅で描いたスケッチがもとに。

目に映った美しいものを……、スケッチしたり、水彩画にしたり、

模写したり……、とにかく、無性に写しとりたい願望に駆られる。

どうして人は、美しいものを見ているだけで満足できるのだろう。

私はじっとしていられない。描かずにはいられない。

──『ピーターラビットからの手紙』（吉田新一／監修・文　塩野米松／文　中川祐二／写真　求龍堂）より

ビアトリクス・ポター™の記憶をたどる旅 —— 74

ビアトリクス・ポター™の生涯 —— 102

コラム

Contents

Peter Rabbit™
MAP
N
0
100
km
スコットランド
Scotland
ダルガイズ荘
ダンケルド
Dunkeld
バーナム
Birnam
イーストウッド荘
ヒース・パーク邸
エディンバラ
Edinburgh
レンネル荘
コールドストリーム
Coldstream
ボーダーズ地方
Borders
北アイルランド
Northern Ireland
ベルファスト
Belfast
湖水地方
The Lake District
グレンジ・オーバー・サンズ
Grange-over-Sands
アイルランド
Ireland
リヴァプール
Liverpool
マンチェスター
Manchester
デンビー
Denbigh
グウェニノグ邸
ランベドゥル
Llanbedr
イングランド
England
ウェールズ
Wales
ケンブリッジ
Cambridge
メルフォード・ホール
グロースター
Gloucester
ハットフィールド
Hatfield
ロング・メルフォード
Long Melford
ストラウド
Stroud
オックスフォード
Oxford
ブッシュ・ホール
テンビー
Tenby
ヘアズクーム農園
ロンドン
London
ストーンヘンジ
Stonehenge
ライ Rye
イルフラクーム
Ilfracombe
ソールズベリー
Salisbury
ヘイスティングス
Hastings
シドマス
Sidmouth
ライム・リージス
Lyme Regis
ファルマス
Falmouth

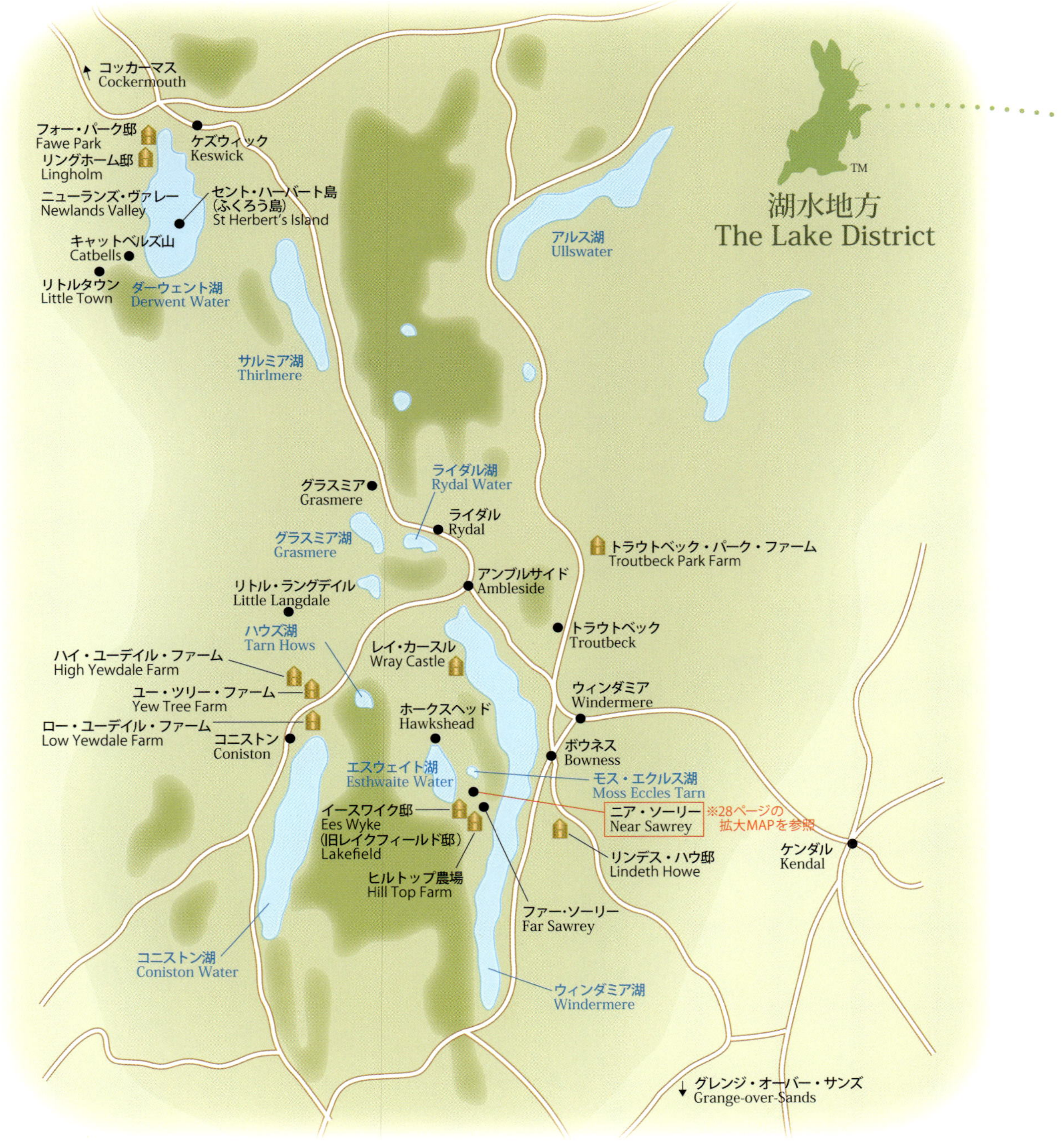
湖水地方
The Lake District
コッカーマス
Cockermouth
フォー・パーク邸
Fawe Park
ケズウィック
Keswick
リングホーム邸
Lingholm
セント・ハーバート島
(ふくろう島)
St Herbert's Island
ニューランズ・ヴァレー
Newlands Valley
キャットベルズ山
Catbells
リトルタウン
Little Town
ダーウェント湖
Derwent Water
アルス湖
Ullswater
サルミア湖
Thirlmere
ライダル湖
Rydal Water
グラスミア
Grasmere
ライダル
Rydal
グラスミア湖
Grasmere
トラウトベック・パーク・ファーム
Troutbeck Park Farm
アンブルサイド
Ambleside
リトル・ラングデイル
Little Langdale
トラウトベック
Troutbeck
ハウズ湖
Tarn Hows
ハイ・ユーデイル・ファーム
High Yewdale Farm
レイ・カースル
Wray Castle
ユー・ツリー・ファーム
Yew Tree Farm
ウィンダミア
Windermere
ホークスヘッド
Hawkshead
ロー・ユーデイル・ファーム
Low Yewdale Farm
コニストン
Coniston
ボウネス
Bowness
エスウェイト湖
Esthwaite Water
モス・エクルス湖
Moss Eccles Tarn
ニア・ソーリー
Near Sawrey
※28ページの
拡大MAPを参照
イースワイク邸
Ees Wyke
(旧レイクフィールド邸)
Lakefield
リンデス・ハウ邸
Lindeth Howe
ケンダル
Kendal
ヒルトップ農場
Hill Top Farm
ファー・ソーリー
Far Sawrey
コニストン湖
Coniston Water
ウィンダミア湖
Windermere
グレンジ・オーバー・サンズ
Grange-over-Sands

Courtesy of National Trust

ノエル君、あなたになにを
書いたらいいかわからないので、
四匹の小さいウサギのお話をしましょう。
四匹の名前はフロプシーに、モプシーに、
カトンテールに、ピーターでした……

——『ピアトリクス・ポター　描き、語り、田園をいつくしんだ人』（ジュディ・テイラー／著　吉田新一／訳、福音館書店）より

Eastwood
Dunkeld
Sep 4th 93

My dear Noel,
I don't know what to write to you, so I shall tell you a story about four little rabbits. whose names were—

Flopsy, Mopsy Cottontail and Peter

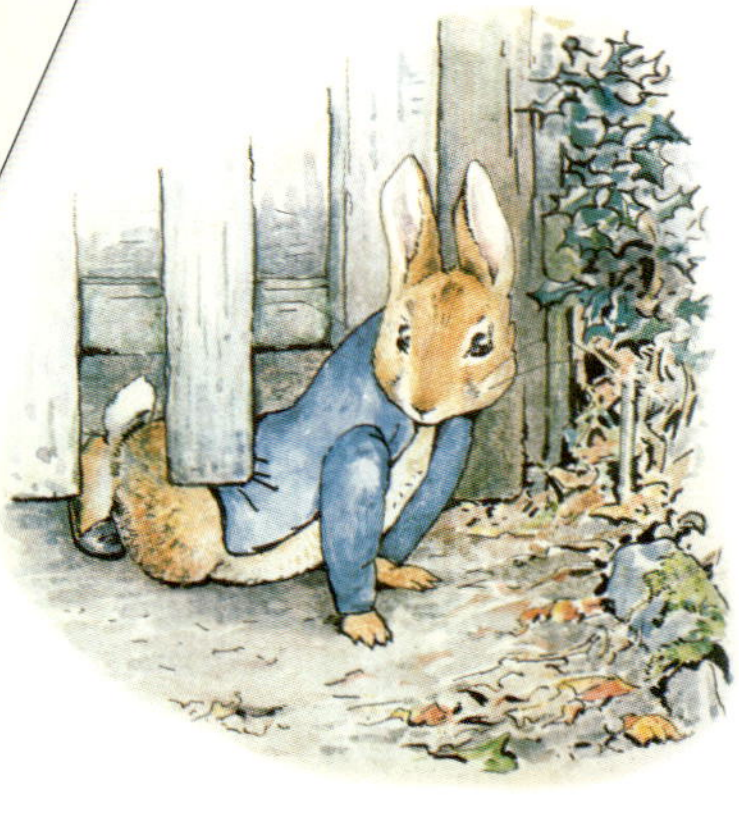

Courtesy of Victoria and Albert Museum

ピーターラビットの物語は、ビアトリクスが少年に送った１通の絵手紙から生まれた。

はじめに

1902年にイギリスで出版された『ピーターラビットのおはなし』は、今もなお国境や世代を超えて広く愛されている物語です。

この本では、ピーターラビットをはじめ、作者ビアトリクス・ポターが描いた24の作品の舞台を、彼女のスケッチや水彩画、そして写真とともにご紹介。ビアトリクスの人生をたどりながら、彼女がこよなく愛したイングランド北部の湖水地方をはじめスコットランド、ウェールズ、南イングランドなど、イギリス各地のゆかりある場所にも足を延ばしています。

100年以上の歳月が過ぎても、イギリスの古い町の風景や豊かな自然は変わりません。ビアトリクスが心を奪われ、散策を楽しんだ美しい景色とともに、ピーターラビットの世界へと旅してみませんか。

世界中で愛され続けるうさぎの物語
『ピーターラビットのおはなし』

動物たちのリアルな表情や動きが、ピーターラビットをはじめ物語に登場するキャラクターに愛らしさをもたらした。

Courtesy of the Linder Collection

ビアトリクスが24歳のころのスケッチ。モデルは、当時飼っていたうさぎのベンジャミン・バウンサー。

『ピーターラビットのおはなし』がイギリスのフレデリック・ウォーン社から出版されたのは、1902年10月のこと。手のひらサイズの小さな絵本は大きな話題を呼び、またたくまにベストセラーに。作者のビアトリクス・ポターは人気絵本作家としての道を歩みはじめますが、スタート地点に立つまでの経緯は、決して順風満帆だったわけではありません。

物語誕生のきっかけは1893年、ビアトリクスがかつての家庭教師アニー・ムーアの息子ノエルに送った1通の絵手紙でした。病気で寝込んだノエルを励ますため、うさぎのおはなしを思いついたのです。ピーターのモデルは、ピーター・パイパーという彼女が飼っていたうさぎでした。

その後、周囲のすすめもあり、絵手紙のストーリーをもとにした絵本の制作にとりかかります。出版社への売り込みにはビアトリクス自身が足を運びましたが、反応はいずれも芳しくありませんでした。女性は家にいておしとやかにしているべきだというのが、彼女が生まれ育ったヴィクトリア時代の良識ある人たちの考え方。彼女の母親は特にその行動力を好ましく思わなかったようです。

1902年初版本・デラックス版

Courtesy of Victoria and Albert Museum

あとから大変な目にあうとは思わず、幸せそうにはつかだいこんを食べるピーター。

Courtesy of the Linder Collection

うさぎのベンジャミン・バウンサーの水彩画。

「うさぎの夢」と題された1895年頃のスケッチ。

Courtesy of Victoria and Albert Museum

STORY

ピーターラビットのおはなし

The Tale of Peter Rabbit

お母さんが買い物に出かけた留守中、いたずらっ子のうさぎのピーターラビットは、行ってはいけないと言われていたマグレガーさんの畑にしのびこみます。レタス、さやいんげん、はつかだいこん。ご馳走を思う存分に食べてお腹がいっぱいになったころ、マグレガーさんと出くわしてしまい、ピーターはあわてて逃げだします。無我夢中で走るうちに網に引っかかり、絶体絶命のピンチに。

Courtesy of Victoria and Albert Museum

ノエル・ムーアに送られた絵手紙と、それをもとにした絵本の挿絵。お母さんの言いつけを守り、ピーターの妹のフロプシー、モプシー、カトンテールはクロイチゴをつみに森へと出かける。

結局思いは届かないまま、１９０１年には私家版を自費出版して家族や友人たちに贈ることになりました。その私家版に興味を抱いたのは、一度はビアトリクスの提案をしりぞけたフレデリック・ウォーン社です。挿絵にすべて色づけして、あらためて世に出された『ピーターラビットのおはなし』は、やがて世界各国の言葉に翻訳されることになります。

『ピーターラビットのおはなし』の最大の魅力は、擬人化されて洋服をまとった動物たちや、背景を彩る森、マグレガーさんの畑といった景色が、とてもリアルに描かれていること。幼い頃に開花したビアトリクスの絵の才能と鋭い観察力は、彼女のスケッチからも存分に伝わってきます。

キャラクターの表情や動きが実に丁寧に描かれ、作品の流れとみごとにリンクしているため、ストーリーにもぐいぐい引き込まれる結果に。おとなでも思わずくすっと笑ってしまうユーモアがある一方で、お父さんがうさぎのパイにされてしまったというシビアな現実を潜ませているのも、彼女の物語の特徴です。

ビアトリクスは創作だけではなく、ビジネス面でも独自の発想をもっていました。たとえば絵本のサイズは、子どもの小さな手にもやさしいようにとの思いがこめられています。また、価格も抑えめにするなど

ran straight away to Mr McGregor's garden and squeezed underneath the gate.
First he ate some lettuce, and some broad beans, then some radishes, and then, feeling rather sick, he went to look for some parsley; but round the end of a cucumber frame whom should he meet but Mr McGregor!

Courtesy of Victoria and Albert Museum

ピーターが見つかったのはきゅうりの苗床の角を曲がったところ。当時のイギリスでは、きゅうりは高級な食材だった。

Mr McGregor was planting out young cabbages but he jumped up & ran after Peter waving a rake & calling out 'Stop thief!'

Peter was most dreadfully frightened & rushed all over the garden, for he had forgotten the way back to the gate.
He lost one of his shoes among the cabbages

マグレガーさんに追いかけられたピーターは、逃げる途中に畑で片方の靴がぬげてしまう。

Courtesy of Victoria and Albert Museum

アイデアを出しながら妥協することなく、ウォーン社との交渉を進めました。

そんな有能なビアトリクスでも、100年以上経った今もピーターラビットの物語が読み継がれているという未来はおそらく想像していなかったに違いありません。

緑に包まれた、初夏のニア・ソーリー村。家の屋根に薄いスレート（粘板岩）を使うのがこの地方の伝統。

ビアトリクスが暮らした湖水地方のヒルトップ農場へ

１９０５年、絵本の印税と叔母からの遺産をもとに、ビアトリクス・ポターは湖水地方のニア・ソーリー村にあるヒルトップという農場を購入しました。翌年から、生まれ育ったロンドンとヒルトップとを行き来する生活がはじまり、彼女が過ごした空間や散策を楽しんだ周辺の景色は、数多くの物語に描かれました。

大切に守られてきたヒルトップや村の様子は、現在もビアトリクスが暮らしていたころとほとんど変わりません。訪れた人は、まるで絵本の世界に入り込んだかのような幸せにひたれます。

『こねこのトムのおはなし』のタビタ・トウィチットさんが、子どもたちを連れ帰る場面で描かれたヒルトップの小道。

『こねこのトムのおはなし』で描かれたヒルトップは、初夏になると花々で彩られる。

ヒルトップ農場の庭の美しさが映える『こねこのトムのおはなし』

ビアトリクス・ポターが暮らしたヒルトップ農場があるのは、イングランド北部の湖水地方。もっとも大きなウィンダミア湖をはじめ、文字通り大小の湖が点在する美しい景色が広がっています。

ビアトリクスが家族とともに、はじめてこの地を訪れたのは16歳のとき。以来、毎年のように夏の休暇を過ごすことになりますが、なかでも彼女が気に入ったのは、ウィンダミア湖の西側にあるニア・ソーリーという小さな村でした。

いつかここに住みたい。そう考えていた彼女の願いは、村のヒルトップ農場が売りに出されたことでようやく叶います。数々のおはなしにヒルトップの景色が描かれているのは、それだけビアトリクスが日々を愛《いと》しんでいたからでしょう。

彼女のそんな思いが伝わってくる作品のひとつが、１９０７年に出版された『こねこのトムのおはなし』です。やんちゃな3匹の子ねこたちの背景には、玄関やそこに続く小道、階段や寝室など、購入から1年ほど経って増築をすませて、落ち着いた頃のヒルトップの様子が見られます。

なかでも目を奪われるのは、ビアトリクス自身が、丹精込めてつくりあげた花々が

石垣や木戸も、挿絵のままに残されている。

咲きほこる建物の壁や庭。玄関の屋根には大好きだったクレマチスが咲きほこり、花壇は忘れな草、三色すみれ、金魚草、なでしこなどで彩られます。

実はこの農場を買った直後、彼女には大きな悲しみに包まれるできごとがありました。長年にわたり信頼を培ってきたフレデリック・ウォーン社の担当編集者であり、婚約を誓ったばかりのノーマン・ウォーンが病気で急死したのです。口うるさかった両親から逃れて手に入れたヒルトップという楽園をつくりあげる作業や、湖水地方の豊かな自然が、少しずつ心を癒してくれたに違いありません。

今もヒルトップの庭には、初夏を迎えると色とりどりの花があふれます。その景色の向こうから子ねこのトムが駆けてきても、不思議ではないくらいに。

STORY

こねこのトムのおはなし

The Tale of Tom Kitten

タビタ・トウィチットさんは、ミトン、トム、モペットの3匹の子ねこのお母さん。ある日のこと、お客さまを招いてお茶会を開くことになり、3匹はよそいきの服に着替えさせられます。タビタ・トウィチットさんはもてなしの準備をするため、服を汚さないようにと言いきかせて子ねこたちを外へ出しましたが、約束は守られませんでした。結局、彼らは2階の寝室に追いやられて、お茶会がはじまりましたが……。

農場で飼うあひるの実話がもとになった『あひるのジマイマのおはなし』

卵を上手くかえせないあひるがいる……。

1908年に誕生した『あひるのジマイマのおはなし』は、ヒルトップの農場経営をまかされていたジョン・キャノンの夫人からビアトリクスが聞いたエピソードがもとになっています。

農場で飼っていたジマイマというあひるがちゃんと卵をかえせないため、代わりににわとりに抱かせていたところ、今度は人に見つからないようにこっそり隠れて卵を生むようになった……。

ビアトリクスはそんなあひるに同情しつつも、さっそくあらたな物語に取りかかりました。きつねの紳士に騙《だま》されていることを知らず、一生懸命に卵をかえそうとする実直なジマイマ・パドルダックは、愛すべき存在です。

この絵本の巻頭には「ラルフとベッツィのために」と記されていますが、これはキャノン家の姉弟のこと。物語の挿絵のひとつ、ヒルトップのキッチン・ガーデンという小さな庭で、ジマイマの卵を見つけた男の子がラルフ、後ろの緑の門から顔をのぞかせている少女がベッツィです。最初の挿絵で、にわとりやひよこに餌をやっているのは、ふたりの母親であるキャノン夫人。ビアト

キッチン・ガーデンから見たヒルトップ。手前には挿絵同様にルバーブが植えられている。

リクスが彼らに親しみを抱いていたことがわかります。

あひるをはじめ、にわとり、牛など、さまざまな動物を育てていた農場の様子をかいま見られるのも興味深いところです。ジマイマを助けようとするいぬのケップもまた、牧羊犬として実際に飼われ、ビアトリクスがかわいがっていたそうです。

ラルフがいたキッチン・ガーデンの挿絵で、ジマイマのかたわらに植えられている、赤い茎のルバーブにもご注目を。ルバーブの茎はふきに似ており、味わいは酸味が立つのが特徴です。日本ではあまり見かけませんが、イギリスではジャムや砂糖漬けにされて、広く親しまれている食材。湖水地方へと旅をする機会があれば、ビアトリクスも口にしたであろうそのルバーブをぜひ試してみてください。

STORY

あひるのジマイマのおはなし

The Tale of Jemima Puddle-Duck

あひるのジマイマ・パドルダックは、飼い主が卵を抱かせてくれないことをいつも不満に思っていました。卵をこっそり隠してもすぐに見つかってしまうため、ジマイマは遠くに見える森を目指します。その途中で出会ったのは、スマートにスーツを着こなしたきつねの紳士。ジマイマの話を聞いて相談にのりますが、親切な態度とはうらはらに、彼はたくらみを胸に秘めていました。

ヒルトップの暮らしがかいま見える『ひげのサムエルのおはなし』

階段や踊り場、玄関、居間など、ヒルトップの建物の内部がふんだんに描かれた『ひげのサムエルのおはなし』の挿絵。

サムエルとアナ・マライアがヒルトップから逃げ出し、あわてて走っているのは、鍛冶屋横丁という通り。

『あひるのジマイマのおはなし』の2か月後に出版された『ひげのサムエルのおはなし』は、ねずみの夫婦に子ねこのトムがつかまり、お母さんのタビタ・トウィチットさんに心配をかけてしまう物語です。おはなしが生まれたきっかけは、ビアトリクスが購入したヒルトップに、ねずみたちが我が物顔で住んでいたこと。戸棚や押し入れを隠れ場所とする彼らの様子を見て、トムが家のなかで迷子になるアイデアを思いついたそうです。

煙突を探検するトム、トムを探すタビタ・トウィチットさん、ご馳走を前に忙しそうに走るねずみのサムエル、アナ・マライア夫婦。それぞれのキャラクターに思わず感情移入してしまう、はらはらどきどきさせられるストーリーとともに、この作品は、ヒルトップの景色がふんだんに描かれているのが大きな魅力です。

当時のままに保存された建物のなかを歩けば、サムエルが麺棒を転がしながら目の前を過ぎていくようなすてきな錯覚におちいります。そのほか、2階の寝室には『こねこのトムのおはなし』で子ねこたちが大騒ぎする天蓋付きのベッドや、『2ひきのわるいねずみのおはなし』に登場する人形の家など、物語の面影がそこかしこに。

挿絵に描かれた階段の窓を飾るカーテンやカーペットは、ビアトリクスがあつらえたものです。ヒルトップの家具や器にも、彼女のセンスの良さが感じられますが、実際、少女時代からアンティークに関心をもち、晩年には地元の専門家も一目置くほどの目利きだったそうです。創作活動同様に妥協することなく、新居のためにひとつひとつじっくり身のまわりの品を吟味する彼女の姿が目に浮かびます。

おはなしの最後、ヒルトップから逃げ出すサムエルとアナ・マライアの背後には、彼らを見送っているかのような女性の姿が見られます。これは、ビアトリクスが自分自身を描いたもの。当初、友人にあてた手紙で「ねずみさえどうにかできたら……」と綴《つづ》っていましたが、閉口する一方、ねずみたちを興味津々で観察し、もしかしたらそのひとときを楽しんでいたのではないでしょうか。

STORY

ひげのサムエルのおはなし

The Tale of Samuel Whiskers or the Roly-Poly Pudding

ミトン、モペット、トムの3匹の子ねこはとてもいたずら好き。お母さんのタビタ・トウィチットさんは、いつもはらはらしっぱなし。今日も、押し入れにいたはずのトムがいなくなってしまいました。家中のあちこちを探しても見つかりません。そのころトムは、ねずみの夫婦サムエルとアナ・マライアにつかまり、〝ねこまきだんご〟にされかけていました。

ニア・ソーリー村の景色が描かれた『「ジンジャーとピクルズや」のおはなし』ほか

『あひるのジマイマのおはなし』でケップが仲間を呼びに行ったタワー・バンク・アームズ。

ヒルトップがあるニア・ソーリー村の現在の人口は、わずか数十人ほど。時には大型バスを見かけるほど、大勢の観光客が世界各国から訪れていますが、路地を一本入れば時が止まったかと思えるような静寂に包まれ、緑広がる牧草地とのんびり草を食む羊を眺めながら、自然と足取りはゆっくりになります。今ですらそうなのですから、ビアトリクスが暮らしていた頃はさらにのどかだったに違いありません。

周辺の散策はヒルトップで暮らすビアトリクスの楽しみのひとつ。彼女が日々目に

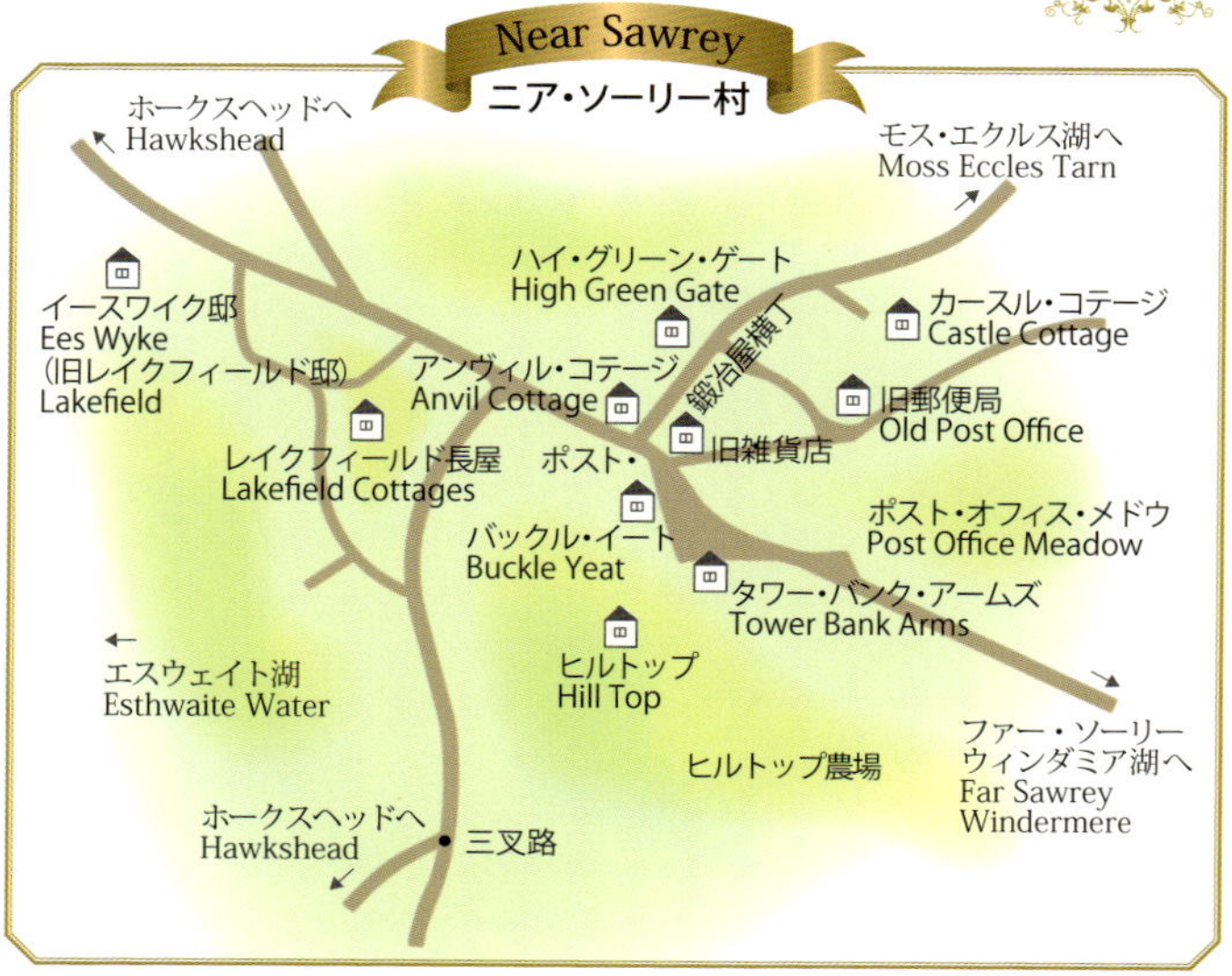

『こねこのトムのおはなし』で、あひるのドレーク、ジマイマ、レベッカが歩いていた道。左の建物は、バックル・イート。

した景色は、多くの作品に描かれています。ここで物語を片手に、ニアー・ソーリー村を歩いてみましょう。

まず訪れたいのは、ヒルトップのほど近くにある村で唯一のパブ、タワー・バンク・アームズです。ここは『あひるのジマイマのおはなし』に描かれました。時代は流れ、挿絵にある馬車から車へと移動手段は変わりましたが、入口の時計をはじめ建物の様子は昔のままです。

店内もまた、時を経た趣ある空間。休憩がてら、ぜひおいしいローカルビールを味わってみてください。自慢のソーセージほか料理にも定評があります。

タワー・バンク・アームズから村の中心を抜ける、いわばメインストリート（とはいっても、静かなものですが）に出れば、『こねこのトムのおはなし』であひるのドレーク、ジマイマ、レベッカが歩いていた景色が目の前に。その先には『パイがふたつあったおはなし』に登場する、バックル・イートも見えます。

続いてはその昔、鍛冶屋さんがあったことから名付けられた鍛冶屋横丁へ。『ひげのサムエルのおはなし』でヒルトップから逃げ出したねずみのサムエル夫婦が向かった道です。横丁の先には、『パイがふたつあったおはなし』で入口が描かれた旧郵便局や、ビアトリクスが結婚後に住んだカー

『パイがふたつあったおはなし』でダッチェスが立っていたのは、レイクフィールド長屋の玄関。

「ジンジャーとピクルズや」の店は、右の白い建物がモデルに。

スル・コテージもあります。

横丁から少々戻れば、１９０９年に出版された『「ジンジャーとピクルズや」のおはなし』のモデルになった建物も。ここはかつて、ジョン・テイラーというおじいさんが営む雑貨店でした。

いつかはおはなしのなかに登場したいというのが、ビアトリクスと親しかった彼の願いでしたが、残念ながら『「ジンジャーとピクルズや」のおはなし』の出版前に亡くなりました。絵本の巻頭には「ジョン・テイラー氏に捧ぐ」と記されています。店の様子が描かれ、最後に登場するやまねは「ジョンさん」と名付けられました。

物語のなかの、ねこのジンジャーといぬのピクルズが営む店では、ほかの物語に登場するキャラクターの姿が見られるのが嬉しいかぎり。ピーターラビットやフロプシー、モプシー、カトンテール、あひるのジマイマ、かえるのジェレミー・フィッシャーどんなどなど。おはなしのときとはまた異なる、彼らの日常をのぞいているような楽しみがあります。

ビアトリクスが生きた現実の世界が、おはなしのなかで景色としてリアルに描かれていたことが、ご近所の話題になりました。ビアトリクスはそんな村の様子をあますことなく紹介しているのだと思っていましたが、なかにはまったくふれられていないと

ピクルズが巡査と出会った小道。

鍛冶屋横丁には、やまねのジョンさんの店として玄関が描かれた建物も残っている。

ころもあります。

そのひとつが、雑貨店の向かいにあるアンヴィル・コテージで、理由はどうやら、ビアトリクスがこの家の住人と仲が悪かったからのようです。おだやかな笑顔からは想像もつきませんが、ビアトリクスには頑固な一面もありました。

『ひげのサムエルのおはなし』に出てくるバレイショさんのモデルだという男性とも相性が悪く、ときには怒鳴り合いのけんかもあったとか。子どものころにビアトリクスの畑に入り込み、厳しく怒られたというおばあさんの話も耳にしたことがあります。

狭い村ゆえ、ご近所づきあいはともすれば大変なこともあったでしょう。ビアトリクスのことを思って苦笑しつつ、絵本のようにパーフェクトではない彼女を知って、逆に親近感がわいてくるのです。

STORY

「ジンジャーとピクルズや」のおはなし

The Tale of Ginger and Pickles

ねこのジンジャーといぬのピクルズが営む村の雑貨屋「ジンジャーとピクルズや」は品揃えがよく、値段はとてもお手頃。さらには、代金をあとから支払ってもいいというかけ売りのサービスをはじめたため、毎日たくさんのお客さんで賑わっていました。とはいえ、実際にはお金が入ってこないので、生活は苦しくなるばかり。そんななか、店に税金の支払い通知が届き、２匹は途方にくれてしまいます。

花あふれる景色に魅せられる『パイがふたつあったおはなし』

左／手紙を受け取るダッチェス。上／ビアトリクスが描いたバックル・イートの庭の水彩画。

Courtesy of Victoria and Albert Museum

バックル・イートの庭先は、今も春になると花でいっぱいに。

ねこのリビーからお茶会の招待を受けつつも、苦手なねずみのパイが出てきやしないかと心配になるいぬのダッチェス。とりすました2匹のやり取りに思わず笑いがこぼれる『パイがふたつあったおはなし』が出版されたのは、1905年。この作品にもまた、ヒルトップの周辺、ニア・ソーリー村の景色がふんだんに登場します。

ダッチェスが招待状を受け取る場面で描かれたのは、バックル・イートという家。現在はB&Bになっていますが、花々があふれる庭の景色は物語が描かれた当時のまま。宿泊はもちろん、庭を眺めながらのお茶でも利用できます。

ダッチェスの家の玄関のモチーフになったのは、旧郵便局の入口。今はポーチにバ

右上／ヒルトップから見た旧郵便局。右／旧郵便局の玄関。上／小道を行くリビーの後ろに描かれたのは、ヒルトップの建物。

ラが植えられていますが、おはなしのなかではオニユリが描かれていました。バターとミルク壺《つぼ》を手にしたリビーの背景には、ヒルトップの建物が見えます。

景色に加えて目をとめていただきたいのは、ダッチェスの表情です。こと動物に関して、ビアトリクスの描写はすばらしいものがありますが、ポメラニアン犬のダッチェスは、珍しく何度も描き直したそうです。

フレデリック・ウォーン社の担当編集者ノーマン・ウォーンが指摘したのは、犬の鼻が曲がりすぎているということ。参考のため、ポメラニアンの写真を添えた手紙をビアトリクスに送ったのだそうです。

そんな苦労があったなどとは思えないほど、思いもよらない状況にあわてふためくダッチェスの表情や動きは実に愛らしく、何度読んでも笑顔になる一冊です。

STORY

パイがふたつあった おはなし

The Tale of The Pie and The Patty-Pan

ある日のこと、いぬのダッチェスはねこのリビーからお茶会に招かれます。うかがいます、と返事は出したものの、ダッチェスにはひとつ気になることがありました。それはリビーが焼くパイのなかみが、ねずみではないかということ。ダッチェスはねずみの肉を苦手としていました。あれやこれやと思案したダッチェスは、リビーには内緒でねずみのパイを食べなくてもすむアイデアを思いつきました。

『ひげのサムエルのおはなし』では、トムがのぼる煙突の向こうに村の景色が望める。

旧郵便局の先へと歩みを進めれば、ビアトリクスが結婚後に暮らしたカースル・コテージが。

チミーが乗った荷馬車が、野菜の配達のために止まったホークスヘッドの通り。

ホークスヘッドの町が舞台になった『まちねずみジョニーのおはなし』と『パイがふたつあったおはなし』

羊毛の生産で中世から栄えていたホークスヘッドは、ニア・ソーリー村の北に位置する町。1918年出版の『まちねずみジョニーのおはなし』で、田舎のねずみチミー・ウィリーが迷い込んでしまう「まち」として描かれた場所です。

町の喧噪《けんそう》を苦手とし、花や草の匂いに幸せを覚えるチミーは、ロンドンを離れて湖水地方での暮らしを満喫していたビアトリクスの代弁者といえる存在。物語の最後では、田舎で生活するのが好きだという自分の心情も語っています。

実際のホークスヘッドはといえば、ニア・ソーリーと比べれば明らかに大きく、店や行き交う人が多いのは確かですが、流れる時間はいたって穏やか。とはいえ、チミーが行き交う馬車の音におびえたビアトリクスの時代は、このあたりでもっとも賑わう場所だったそうです。

そんなホークスヘッドの特徴は、〝くぐり抜けの道〟と呼ばれる通りがあちらこちらに見られること。建物の2階が道に張り出し、人や馬車はその下を、文字通りくぐるように進みます。その様子は、『パイがふたつあったおはなし』で、リビーとダッチェスがお茶会の前にすれ違う場面にも描

ホークスヘッドの町には、『パイがふたつあったおはなし』に描かれた景色も。

Courtesy of National Trust

Courtesy of National Trust

右／ウィリアムの事務所だった建物。現在は「ビアトリクス・ポター・ギャラリー」となり原画が展示されている。上／白壁の建物の入口は、『パイがふたつあったおはなし』でタビタ奥さんの店に。

STORY

まちねずみジョニーのおはなし

The Tale of Johnny Town-Mouse

農家の畑で生まれ育ったねずみのチミー・ウィリーは、間違って入った野菜かごごと町へと運ばれてしまいます。馬車が何台も行き来する道の喧噪におびえて逃げ込んだ家で、チミーは白いネクタイを身につけた礼儀正しいまちねずみのジョニーたちと出会います。そこには居心地のいいクッションや、ベーコンやジャムなどのご馳走がありましたが、チミーは次第に、静かでのんびりとした田舎が恋しくなってきます。

かれました。

この町はビアトリクスの人生においてもまた、重要な役割を果たしました。というのも、後に結婚相手となるウィリアム・ヒーリスが、弁護士事務所を構えていたからです。ヒルトップ以外にも農場を購入するようになったビアトリクスがウィリアムを頼りにするうち、ふたりの間には愛が生まれました。

ウィリアムの事務所だった建物は現在、「ビアトリクス・ポター・ギャラリー」として公開され、1階は当時の様子が復元されています。貴重な原画が展示されていることも、忘れてはなりません。ビアトリクスの緻密なタッチは絵本でも充分に堪能できますが、原画は見入るほどに魅せられる力を放っています。訪れる際には時間に余裕をもって、が肝心です。

仕たて屋の店のモデルになったカレッジ・コート９番地の建物。

仕たて屋でのふしぎなできごとを描いた『グロースターの仕たて屋』

イングランド西部に位置する歴史ある町、グロースターを舞台にして書かれたのが、1903年10月に出版された『グロースターの仕たて屋』。ビアトリクスにとっては、3冊目の絵本です。

町の仕たて屋が縫いかけの服を店において家に帰ったのに、翌朝には完成していた。どうやら、妖精のしわざらしい……。

グロースターの近くにあるヘアズクーム農園を訪ねた際、いとこのキャロライン・ハットンは不思議な話をビアトリクスに語ってきかせます。そこからイメージがふくらみ、かわいいねずみたちがクリスマス・イブの夜に小さな手で縫い物をするストーリーが生まれました。

種明かしをすれば、妖精というのは仕たて屋が宣伝になると思って脚色したもので、実際には弟子たちが手伝ったのだとか。彼のサービス精神がなければ、ビアトリクスの想像力はさほど刺激されず、物語も生まれていなかったかもしれません。

挿絵を描くにあたっては、町の景色や通りはもちろん、仕たて屋の店を訪ね、作業の様子を見せてもらいながらスケッチを重ねたのだそうです。ビアトリクスがグロースターを訪れたのは夏ですが、クリスマス

仕たて屋が店から家へと向かう通りからは、ビアトリクスが描いた挿絵と同じように、今も大聖堂が見える。

挿絵に描かれた
グロースター大聖堂。

STORY

グロースターの仕たて屋

The Tailor of Gloucester

グロースターの町に住む年をとった仕たて屋が、クリスマスの朝に行われる市長の婚礼用の衣装の注文を受けました。仕たて屋はなけなしのお金で布や糸をそろえて仕事に取りかかったものの、疲れがたまっていたせいで熱を出してしまいます。何日ものあいだ寝込んだままの彼を助けようと、クリスマス・イブの夜遅く、小さな手を器用に動かして縫い物をはじめたのは、店に隠れ住むねずみたちでした。

「グロースターの仕たて屋の家」では、戸棚や時計、暖炉など、物語のままの家具が空間を彩っている。

を舞台にした物語の挿絵では、雪化粧がほどこされています。

　時代設定は、ビアトリクスの時代よりも少々前の18世紀。けしと矢車草に飾られた、美しいチョッキもまた、実在の衣装がもとになっています。彼女がそれを見つけたのは、ロンドンの実家に近いサウス・ケンジントン博物館（現ヴィクトリア&アルバート博物館）の金細工の陳列室でした。

　チョッキのスケッチのため、ビアトリクスはこの博物館にも幾度となく足を運びましたが、陳列室が暗いのが難点でした。思いあまって学芸員に相談したところ、ガラスのケースから取りだし、事務所の明るい光の下で作業させてもらったと、彼女は担当編集者のノーマン・ウォーンへの手紙に記しています。なにごとに対しても妥協せず真摯に取り組む、ビアトリクスの熱意がうかがえるエピソードです。

上・左／挿絵に描かれた市長のチョッキ。下／「グロースターの仕たて屋の家」に展示されているレプリカ。

ちなみにヴィクトリア&アルバート博物館は現在、水彩画をはじめ世界有数のビアトリクス・ポターに関するコレクションを有しています。彼女の作品を展示していることもあるので、ロンドン散策の際にはぜひ立ち寄ってみてください。

一方、仕たて屋が住んでいた家は、のちにフレデリック・ウォーン社によって建築当初の状態に戻され、１９８０年から「グロースターの仕たて屋の家」として一般公開されています。物語の世界を体験できるのはもちろん、あれやこれやとグッズをそろえたオリジナルショップもあります。

町を訪れたなら、挿絵の背景にも描かれていたグロースター大聖堂も見逃せません。11世紀から歳月を経て増改築を重ねてきたゴシック建築は、圧倒的な美しさ。ビアトリクスも耳にしたであろう鐘の音は、今も町中に鳴り響いています。

ダーウェント湖は“湖の女王”とも称される。左の島はセント・ハーバート島。後方はキャットベルズ山。

湖水地方の秋を堪能できる『りすのナトキンのおはなし』

ビアトリクスが描く湖水地方の多くは、避暑のために家族とともに訪れていた夏の景色が描かれていますが、この『りすのナトキンのおはなし』を彩るのは実りの秋。「ほかの季節とは比べられないほどすばらしい」とも記したほど、彼女を感動させた景色を堪能することができます。

　出版は『グロースターの仕たて屋』と同じ1903年。その2年前、『ピーターラビットのおはなし』の絵手紙を送ったノエル・ムーアの妹ノーラに宛てた絵手紙がもとになりました。舞台は、湖水地方の北部にあるダーウェント湖。湖畔に住むりすたちが向かうふくろう島は、湖に浮かぶ4つの島のひとつセント・ハーバート島です。

　絵本に仕立てる作業は、ダーウェント湖のほとりに建つリングホーム邸で進められました。ビアトリクスが家族とともにはじめてこの屋敷に滞在したのは、1885年の夏のこと。その後も一家は何度かこの屋敷を訪れ、周辺の散策を楽しみながら描いた数多くのスケッチが、作品のベースになりました。

　主人公は、生意気なりすのナトキン。ビアトリクスの物語のなかでも、際だった〝悪い子〟だったため、当時の子どもたちの間

little squirrels came down to the
edge of the lake and paddled across
over the water to Owl Island to
gather nuts. Each squirrel had
a little sack with him, and a
large oar, and spread out his tail
for a sail

They also carried with them an
offering of 3 fat mice for Old
Brown, which they placed upon a
stone opposite his door.

Courtesy of Victoria and Albert Museum

作品のもとになったノーラ・ムーアへの絵手紙。その内容が気に入ったビアトリクスは、投函前にノートに写しとっておいたという。

STORY

りすのナトキンのおはなし

The Tale of Squirrel Nutkin

りすのナトキンは兄やたくさんのいとこたちといっしょに、湖のほとりの森に住んでいました。秋になるとりすはいかだに乗って湖をわたり、ふくろうのブラウンじいさまが住む島へ向かいます。いとこたちはブラウンじいさまに行儀良く挨拶し、島での木の実拾いに精を出しますが、ナトキンだけはふざけてばかり。やがて堪忍袋の緒が切れたブラウンじいさまは、思わぬ行動に出ます。

ブラウンじいさまそっくりのふくろう。

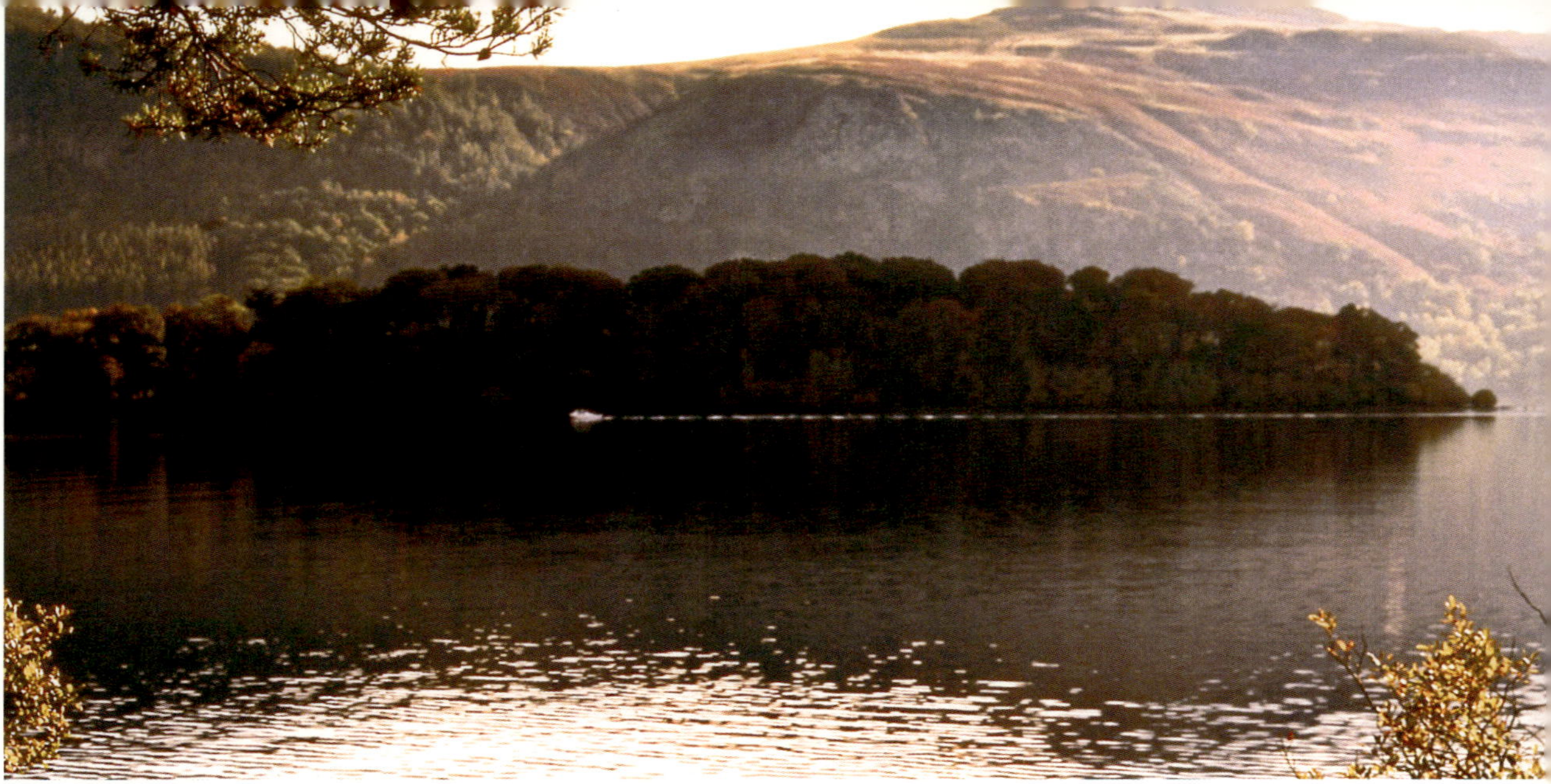

左／リングホーム邸の入口。右／木々の葉が色づきはじめた秋のダーウェント湖畔。

上／夕暮れ時のセント・ハーバート島。下／おはなしでは、しっぽを帆にしたりすたちが、いかだに乗って島を目指す。

では人気の的になったそうです。そのナトキンは、ふざけたなぞかけをしてふくろう島のブラウンじいさまを困らせます。これに関しては、ビアトリクスと編集担当者ノーマンとの間で意見が合わず、何度かやり取りが重ねられたとか。絵本の制作をとおして本音をぶつけ合うことで、ふたりの間の信頼と親密さは深まっていきました。

落ち葉のように真っ赤な毛に覆《おお》われたナトキンは、赤りす（きたりす）という種類。かつてはイギリス全土でその姿が見られ、ビアトリクスが滞在していたリングホーム邸の庭のあちらこちらを駆け回っていたようですが、１９５０年以降、アメリカから渡ってきた灰色りすが幅をきかせるようになり、状況は一変しました。

上／初秋の湖畔の森。下／森に住む赤りすは、絶滅危惧種に指定されている。

現在、この湖水地方は、スコットランドやウェールズの一部地域とともに、赤りすの貴重な生息地域なのだそうです。散策の途中で見かけたら、彼らを驚かすことなくそっと遠くから見守ってください。

ダーウェント湖畔を描いた小さなスケッチブック

Courtesy of National Trust

物語の挿絵（上）のもとになった、ダーウェント湖のスケッチ。

ダーウェント湖畔に建つリングホーム邸でビアトリクスが描いたスケッチをまとめたのが、手のひらサイズの「1903年ダーウェント湖：スケッチブック」です。物語にも登場する景色は実に多彩で、この小さなスケッチブックを手に、ビアトリクスが幾度となく周辺を歩きまわった様子がうかがい知れます。

ビアトリクスがスケッチしたたまねぎは作品に登場する畑の描写に活かされている。

Courtesy of Victoria and Albert Museum

マグレガーさんの畑でふたたびの大冒険『ベンジャミン バニーのおはなし』

1904年出版の『ベンジャミン バニーのおはなし』は、ピーターがマグレガーさんの畑で服や靴をなくした『ピーターラビットのおはなし』の続編。

ベンジャミン・バニーは、ピーターのいとこにあたります。彼にそそのかされて、ピーターはふたたびマグレガーさんの畑に出かけてしまいます。

『フロプシーのこどもたち』や『キツネどんのおはなし』にも登場するベンジャミン・バニーのモデルは、20代のときに飼っていたベンジャミン・バウンサーといううさぎ。絵本のなか同様、やんちゃな性格だったようです。ビアトリクスはそんなベンジャミンに夢中になりました。犬用のひもをつけて一緒に散歩に出かける写真も残っています。

作品の舞台となったマグレガーさんの畑については、『ピーターラビットのおはなし』が大ベストセラーとなった結果、自分の畑だと名乗り出る人たちが次々と現れました。とはいえ実際にはどこか特定の庭というわけではなく、いくつかの景色を組み合わせて描いたのだとか。そのひとつが、湖水地方のフォー・パーク邸です。

フォー・パーク邸は、『りすのナトキン

Courtesy of the Linder Collection

Courtesy of Victoria and Albert Museum

Courtesy of the Linder Collection

『ベンジャミン バニーのおはなし』の挿絵の多くは、フォー・パーク邸の庭のスケッチ（下段）がもとになった。

STORY

ベンジャミンバニーのおはなし

The Tale of Benjamin Bunny

マグレガーさん夫妻が馬車で出かけたのを見たベンジャミン・バニーは、いとこのピーターラビットをさそい、畑へとやってきます。畑に立つかかしから、前日にぬぎ捨てた上着と靴を取り返したあと、ピーターは不安で落ち着かない気分でしたが、ベンジャミンはおいしいレタスを食べたり、たまねぎを集めたり。ようやく帰ろうとした２匹は、大きなねこが道をふさいでいるのに気づきます。

のおはなし』が書かれたリングホーム邸同様、ダーウェント湖のほとりに建つ屋敷。『ベンジャミン バニーのおはなし』出版の前年となる1903年、避暑のために過ごしていたビアトリクスは美しい庭に心ひかれ、物語の背景に使えそうな庭の景色を探して歩きました。最終的には70枚にもおよぶスケッチを描いたと、ノーマン・ウォーンに手紙で報告しています。

畑や木戸、ベンジャミンとピーターが歩いていた小道など、フォー・パーク邸には今も挿絵のままの景色が残っているそうです。残念ながら個人所有の邸宅なので、なかの見学は許されませんが、旅の途中、時間が許されるなら、ナトキンよろしくダーウェント湖を行く遊覧ボートに乗ってみてください。湖の北の端に、その姿を眺めることができます。

写真左手に見えるのが、ルーシーの父ベンジャミン・カーが教区牧師をつとめていたニューランズ教会。

はりねずみのかわいい洗濯屋さん『ティギーおばさんのおはなし』

1905年に出版された『ティギーおばさんのおはなし』に描かれているのは、湖水地方北部のニューランズ・ヴァレーというエリア。『りすのナトキンのおはなし』の舞台である、ダーウェント湖の西側にあたります。主人公の女の子ルーシーのモデルになったのは、この近くにあるリトルタウン村に住んでいた、ルーシー・カーという牧師の娘でした。

『りすのナトキンのおはなし』に取り組んでいる最中、ビアトリクスが滞在していたリングホーム邸を、ルーシーは両親のカー夫妻に連れられて訪れていました。幼い彼女の遊び相手になったのは、当時ビアトリクスが飼っていたはりねずみのティギー・ウィンクル。物語のルーシーがエプロンとハンカチをなくしてしまうエピソードは、本物のルーシーがパーティー用の手袋を忘れていったことがヒントになりました。

幼いころから動物や植物、景色などのスケッチでその才能が高く評価されていたビアトリクスですが、なぜか人物だけは苦手。このおはなしではルーシーの顔をうまく仕上げられず、何度も描き直しをしています。

弟のバートラムにも絵心がありましたが、こと人物に関しては彼の方が上手だっ

Courtesy of the Linder Collection

左上／物語ではルーシーの家として描かれたスケルギル農場。左下／ビアトリクスによるスケッチ。

たとか。シリーズ最初の絵本となった『ピーターラビットのおはなし』でも、マグレガーさんの表情を見たバートラムが、「鼻を描いたつもりだろうけど、耳かと思った」と言ってからかったそうです。

同様にこのおはなしでは、ティギーおばさんを描くのにも少々の苦労がありました。というのも、モデルになったペットのはりねずみティギー・ウィンクルが、スケッチの時間が長いとあくびをし、あげくのはてにビアトリクスに噛《か》みついてしまうから。そんなティギーを、ビアトリクスはとてもかわいがっていましたが、結局、真綿で人形をつくり、ペチコートとエプロンをつけてスケッチを重ねました。

ティギーおばさんには、人間のモデルもいます。ポター家がスコットランドのダルガイズ荘に滞在したときに出会った、キ

STORY

ティギーおばさんのおはなし

The Tale of Mrs. Tiggy-Winkle

ハンカチとエプロンをなくしてしまったルーシーは、あちらこちらを探して歩きますが、ねこやめんどり、こまどりに聞いても答えはありません。やがて山道に入ったルーシーは、小さな足あとをたどるうちに、ティギー・ウィンクルというおばさんの家を見つけます。ペチコートの上にエプロンをかけたおばさんの仕事は、洗濯屋さん。ちょうどアイロンがけの作業で、忙しくしているところでした。

キャットベルズ山への道が示された標識。この山はキャンプ場や、初心者向けのハイキングコースとして知られている。

ティ・マクドナルドという洗濯婦です。ぽっちゃりした体型やペチコートを重ねた姿はもちろん、作業にまつわるエピソードも彼女の話からヒントを得たのだとか。やさしく働きもののティギーおばさんのキャラクターにもまた、キティの人の良さが反映されたのかもしれません。

物語のなかでティギーおばさんが住んでいたキャットベルズ山（日本語版では「ネコノスズという名のやま」と表記）や、ルーシーの家として描かれた農場など、挿絵の世界は今もそのまま。ビアトリクスが愛し、スケッチしながら歩いた道をたどってみませんか。

ルーシーがハンカチとエプロンを探して歩くキャットベルズ山の道は「ルーシーの小道」と呼ばれるようになった。

当時のままの姿のニューランズ教会。

ニア・ソーリー村の坂道を上った丘にあるモス・エクルス湖。

ビアトリクスが愛した湖が舞台『ジェレミー・フィッシャーどんのおはなし』

かえるの紳士が主人公として描かれた『ジェレミー・フィッシャーどんのおはなし』が出版されたのは１９０６年のこと。シリーズとしては8冊目の絵本になりますが、ベースとなる物語の誕生は１８９３年の夏までさかのぼります。

『ピーターラビットのおはなし』のもとになったノエル・ムーア宛ての絵手紙を書いた翌日、ビアトリクスはノエルの弟のエリックにも同じような絵手紙を送りました。そのときの主人公が、かえるのジェレミー・フィッシャーどんだったのです。

ビアトリクスはごく早い時期から絵本の出版を提案していましたが、フレデリック・ウォーン社は当初、子ども向きの作品にかえるはふさわしくないと考えていました。その後、紆余曲折を経て彼女の願いが叶い、結局はそれまでの物語同様に高い人気を得ることになります。

水辺を彩る水生植物や、ゲンゴロウ、トゲウオといったそこに住む生き物たちは、ビアトリクスの本領発揮といわんばかりに、とても写実的に描かれています。ジェレミー・フィッシャーどんや、彼の家に招かれる県会議長のカメハメハ・カメ氏、イモリのアイザック・ニュートン卿《きょう》も、その

エスウェイト湖では今も、ジェレミー・フィッシャーどんと同じように釣りを楽しむ人の姿が見られる。

姿や表情は実にリアル。

なのに彼らは見るからに上等な服をまとっており、そのギャップが作品にユーモアを生んでいます。すまし顔のジェレミー・フィッシャーどんが、蝶のサンドイッチを食べているのも愉快。とはいえ、決して分けてほしいとは思いませんが。

舞台になったのは、ヒルトップ農場に近いエスウェイト湖とモス・エクルス湖というふたつの湖です。エスウェイト湖は、彼女にとって「もっとも美しい湖」。モス・エクルス湖は、池といってもいいほどの小さな湖ですが、夫のウィリアムとともにビアトリクスが日々の散歩を楽しんだ場所です。ヒルトップに押し寄せる観光客がここまで足を延ばすことは少なく、静寂のなか、ふたりが植えたという睡蓮《すいれん》の花は今なお、ひっそりと花を咲かせています。

STORY

ジェレミー・フィッシャーどんのおはなし

The Tale of Mr. Jeremy Fisher

池のほとりに住むかえるのジェレミー・フィッシャーどんは、大粒の雨が降るある日のこと、魚を釣りに出かけます。うまく釣れたら、県会議長のカメハメハ・カメ氏とイモリのアイザック・ニュートン卿を招いて夕食用にするつもりでした。ジェレミー・フィッシャーどんは雨合羽を着てぴかぴかのゴム靴をはき、睡蓮の葉のボートから釣り糸をたらしますが、やがて思いもよらぬできごとが……。

Courtesy of the Linder Collection

左／エスウェイト湖の睡蓮を描いた水彩画。下／ビアトリクスが夫ウィリアムと一緒に植えた、モス・エクルス湖の睡蓮。湖が白い花で彩られるのは６月頃。

その後のピーター、そしてベンジャミン『フロプシーのこどもたち』

物語に描かれた、グウェニノグ邸の庭。

1909年に出版された『フロプシーのこどもたち』は、『ピーターラビットのおはなし』、そして『ベンジャミン バニーのおはなし』からしばらくたってからの物語。2冊のうさぎのおはなしの人気が高く、続編を望む声に応えて、その後のストーリーが練られました。

いたずらっ子だったあのピーターやベンジャミン・バニーも、すっかりおとなに。ベンジャミンはピーターの妹フロプシーと結婚し、たくさんのかわいい子うさぎにも恵まれています。

今回もまた舞台となるのは、マグレガー

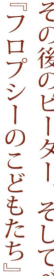

袋を持ったマグレガーさんが歩いた赤レンガの壁の道。

フロプシーがたたずむ道は、背景もそのままに。

さんの畑と庭。とはいえ、前作とはまた異なる場所がモチーフに。『フロプシーのこどもたち』が出版された年の初頭に滞在した、ウェールズ地方の北にある母方の叔父の家、グウェニノグ邸です。

ここを初めて訪れた20代の終わり以来、「これまで見た一番美しい庭」というほどビアトリクスは屋敷の庭に魅せられ、数多くのスケッチを残してきました。ヒルトップ農場をはじめ、後に自分の庭をつくるときにも参考にしたそうです。

挿絵には小道を彩る色鮮やかな花々をはじめグウェニノグ邸の美しい景色がふんだんに描かれ、すやすや眠る子うさぎたちの表情とともに胸に刻まれます。うさぎたちにだまされた上、奥さんにまで怒られてしまうマグレガーさんには、同情の念を抱かずにはいられません。

STORY

フロプシーのこどもたち

The Tale of The Flopsy Bunnies

うさぎのベンジャミン・バニーはおとなになっていとこのフロプシー・バニーと結婚し、たくさんのこどもが生まれました。食べ物が足りなくなったときに一家が頼りにするのは、マグレガーさんの野菜畑の外にあるゴミ捨て場です。ある日、そこで子どもたちが見つけたのは、花の咲いてしまったレタス。おなかがいっぱいになるまで食べ、ぐっすり眠ってしまった頃、彼らの前にマグレガーさんが現れました。

上／フロプシーが子どもたちとマグレガーさんを見送った小道の挿絵。下／その景色を描いた水彩画。

Courtesy of National Trust

現在もウェールズに残るグウェニノグ邸の庭。

秋が深まる頃の、ウィンダミア湖周辺の林。

海の向こうの読者を思い、描かれた『カルアシ・チミーのおはなし』

『カルアシ・チミーのおはなし』は、1911年に出版された作品。主人公は灰いろりすのカルアシ・チミーと奥さんのカルアシ・カアチャン。『りすのナトキンのおはなし』に登場する赤りすたちとは、姿が異なっています。

この物語の大きな特徴は、しまりすやアメリカくろくま（ツキノワグマ）など、イギリスにはいない動物が挿絵に描かれていること。チミーをはじめとする灰いろりすも、もともとはアメリカから渡ったと言われています。

アメリカでも、同じ1902年に出版された『ピーターラビットのおはなし』をはじめ、これまでの物語はイギリス同様にベストセラーに。海賊版が出まわる状況は、フレデリック・ウォーン社やビアトリクスを悩ませましたが、一方で数多くのファンレターが海の向こうから届き、彼女を喜ばせます。

そんな状況のなか、『カルアシ・チミーのおはなし』は、アメリカの読者を強く意識して考えられました。それまでの作品の主人公の中にはアメリカにはいない動物もいたため、海の向こうの子どもたちにもいっそう親近感をもってほしいという、ビアト

上／ウィンダミア湖畔のリンデス・ハウ邸。下／夕暮れ時のウィンダミア湖。

リクスの愛情が秘められていたのです。

おはなしが描かれたのは、ウィンダミア湖を見下ろす丘の上に建つリンデス・ハウ邸という屋敷。絵本が出版された年、ビアトリクスは家族とともにこの屋敷で夏を過ごしています。その後、父親が亡くなった後に購入し、ロンドンに住む母親を呼び寄せました。

現在はホテルとなっているので、湖水地方を訪れるなら旅の計画に組み込むのもおすすめです。客室ではバスローブや机の上のメモなどにチミーの姿を見つける、嬉しいひとときが待ち受けています。

館内には、ここで暮らしていたビアトリクスの母親の写真をはじめ、作品にまつわる貴重な資料が展示されています。お茶や食事だけの利用でも、実りあるひとときとなることはうけあいです。

STORY

カルアシ・チミーのおはなし

The Tale of Timmy Tiptoes

灰いろりすのカルアシ・チミーと奥さんのカルアシ・カアチャンは、高い木のてっぺんにある葉っぱで編んだ居心地の良い巣に住んでいました。くるみがなる頃、チミーとカアチャンは冬支度のために林に出かけ、毎日、一生懸命に実を拾いました。巣に入りきらない分は木のうろや穴にため込みましたが、ほかのりすたちからあらぬ疑いをかけられ、チミーはトラブルに巻き込まれてしまいます。

トウィチットさんのやんちゃな子ねこ『モペットちゃんのおはなし』

Courtesy of Victoria and Albert Museum

『モペットちゃんのおはなし』の表紙。

パノラマ本とも呼ばれる折りたたみ式の絵本。

Courtesy of Victoria and Albert Museum

1906年11月に出版された『モペットちゃんのおはなし』は、次ページで紹介している『こわいわるいうさぎのおはなし』とともに、クリスマスシーズンに向けて考えられたもの。主人公のモペットちゃんは、『こねこのトムのおはなし』にも登場する、タビタ・トウィチットさんの子ねこです。

当初は、横に広げて挿絵を追える折りたたみ式の絵本でした。幼い読者のことを思いビアトリクスが考えた形状だったものの、残念ながら客が手に取ったあとたたむのが大変だ、とのクレームが書店から入ってしまい、後に続くはずだった作品は取りやめに。1916年には、ほかの作品と同じ本の形で再スタートをきりました。

STORY

モペットちゃんのおはなし

The Story of Miss Moppet

ある日のこと、子ねこのモペットちゃんは戸棚の後ろから顔を出しているねずみに気づきます。ねずみにからかわれてモペットちゃんは飛びかかりましたが、まんまと逃げられた上、戸棚に頭をぶつけて大失敗。やがてねずみが様子をうかがっていると、モペットちゃんは頭に小さな布を巻いて暖炉の前に座りました。じっとしたままのモペットちゃんを見て、ねずみは少しずつ近寄っていきますが……。

Courtesy of Victoria and Albert Museum

Courtesy of Victoria and Albert Museum

『こわいわるいうさぎのはなし』の造本も、扱いが面倒なため書店の評判が芳しくなかった。

横取りしたにんじんを食べる悪いうさぎ。後ろには鉄砲を持った男が見える。

悪いうさぎが登場する『こわいわるいうさぎのおはなし』

『こわいわるいうさぎのおはなし』は、『モペットちゃんのおはなし』と同じ１９０６年11月に、折りたたみ式で出版された絵本。この作品もまた、１９１６年にはほかと同じ小さな絵本として再出版され、シリーズに組み込まれました。

おはなしが生まれたきっかけは、ノーマン・ウォーンの姪のリクエストから。これまでの物語とは異なる、「もっと悪いうさぎのお話が読みたい」というものでした。

実際、主人公の悪いうさぎは勝手、わがまま放題ですが、ビアトリクスのユーモアがきいて憎めない存在に。テンポのいい物語の展開にも引きつけられます。

STORY

こわいわるいうさぎのおはなし

The Story of A Fierce Bad Rabbit

こわい悪いうさぎは、荒々しいひげ、とがった爪、そしてにゅっと突き立った尻尾を持っています。おとなしくていいうさぎが、ベンチの上でにんじんを食べているのを見つけると、こわい悪いうさぎはなにも言わずに黙って横取り。その上、いいうさぎをひっかいて追いやってしまいます。にんじんをひとり占めと思ったところにやってきたのは、鉄砲を持った男の人でした。

ノーマンが作った人形の家は現在、ヒルトップに飾られている。

ノーマン・ウォーンの愛が支えた『2ひきのわるいねずみのおはなし』

『2ひきのわるいねずみのおはなし』は、1904年に出版された作品。挿絵に描かれた人形の家は、ノーマン・ウォーンが姪のためにつくったものでした。物語の構想を聞いたノーマンは、人形の家のスケッチのためビアトリクスを兄の家に招待しますが、ふたりの親密ぶりを懸念したビアトリクスの母親の反対にあいました。

結局のところノーマンは人形の家の写真とともに、家具や皿に乗った食べ物などの小物を送り、作品の完成のために陰ながら力を尽くしました。ねずみたちのモデルとなった、ビアトリクスが飼うはつかねずみの檻《おり》も、手先の器用なノーマンが手がけたそうです。

STORY

2ひきのわるいねずみのおはなし

The Tale of Two Bad Mice

赤いレンガの壁に、白い窓。モスリンのカーテンがかかった小さな家には、人形のルシンダとジェインが住んでいます。人形たちが外に出かけたある日、トム・サムとハンカ・マンカというねずみの夫婦が家にしのびこみました。ハムやプディング、オレンジなど、テーブルの上にならぶご馳走を見て2匹はとても喜びましたが、どれもかたくて食べられず。やがて彼らはかんしゃくを起こしてしまいます。

次から次へとやってくるお客に苦労する、のねずみのチュウチュウ奥さん。

ビアトリクスの観察力を実感『のねずみチュウチュウおくさんのおはなし』

1910年に出版された『のねずみチュウチュウおくさんのおはなし』のストーリーは、ノーマン・ウォーンの姪にあたるネリー・ウォーンへの新年の贈り物として、革表紙のノートに書かれた物語が原案になっています。

この作品の特徴は、チュウチュウ奥さんの家を訪れるお客として、たくさんの生き物が登場すること。テントウ虫、チョウ、クモなど。姿かたちはもちろん、彼らの動きもまたとてもリアルに描かれています。幼いころから昆虫をはじめ生き物に興味を抱き、丁寧に観察を続けてきた彼女の知識が凝縮された一冊と言ってもいいでしょう。

STORY

のねずみチュウチュウおくさんのおはなし

The Tale of Mrs. Tittlemouse

生け垣の下の土手の穴に住むのねずみのチュウチュウ奥さんは、とてもきれい好きでやかましや。長い廊下が続く家の中は、いつもきちんと掃除され、ゴミムシ、テントウ虫、クモなど、招かれざるお客さまが次々とやってきても追い払われていました。ところが、まるはなばちのバビティー・バンブルは言うことを聞かずに居座り、その上かえるのジャクソンさんが濡れた足でやってきて奥さんを困らせます。

『アプリイ・ダプリイのわらべうた』『セシリ・パセリのわらべうた』

『アプリイ・ダプリイのわらべうた』は1917年、『セシリ・パセリのわらべうた』は1922年に出版された作品です。

タイトルに記された「わらべうた」は、ナーサリー・ライムのこと。マザー・グースに代表される伝承童謡といった方がわかりやすいかもしれません。日本の童謡やわらべうたのように韻をふんだ詩を読んで楽しむのが特徴です。

ビアトリクスは幼いころからナーサリー・ライムに関心を持っており、20代にはすでに『アプリイ・ダプリイのわらべうた』や『セシリ・パセリのわらべうた』の絵本の構想を練っていたとか。『ピーターラビットのおはなし』の出版後には、どんな挿絵が必要かなど、具体的なことを編集担当のノーマン・ウォーンと話し合ったそうですが、実現には至りませんでした。

その後、『グロースターの仕たて屋』や『こぶたのピグリン・ブランドのおはなし』などでナーサリー・ライムが作品の一部に挿入されたのは、ビアトリクスの思いの強さを物語っています。ナーサリー・ライムだけの絵本を、という願いが実現したのは結局、彼女が51歳になってからのことでした。

アプリイ・ダプリイは小さな茶色のねずみ。

うさぎのセシリ・パセリはおいしいビールをつくる。

STORY

アプリイ・ダプリイのわらべうた

Appley Dapply's Nursery Rhymes

小さくて茶色いねずみのアプリイ・ダプリイはこっそりパイを盗み出し、ノックの音に扉を開けたうさぎのカトンテールの前にはにんじんが……。年寄りのはりねずみやちいさなはつかねずみ、ビロードの服を着たもぐらのおじいさんなどが登場するわらべうた。

セシリ・パセリのわらべうた

Cecily Parsley's Nursery Rhymes

宿屋の女将でおいしいビールをつくるうさぎのセシリ・パセリが、あまりの忙しさに逃げ出したことからはじまるわらべうた。がちょう、市場へ行く子ぶたやご馳走を食べるぶた、お茶を楽しむねこや子いぬなど、多彩な動物たちが歌を彩っています。

日本では絵本シリーズの１冊に！
『ずるいねこのおはなし』

１９０６年に描かれたこの作品は当初、『モペットちゃんのおはなし』などと同様の折りたたみ式で出版されるはずでしたが、書店からその形状が好まれず、計画は立ち消えに。１９１６年になってあらためて絵本の制作が検討されたものの、挿絵を描き直して欲しいとの出版社の依頼にビアトリクスが応えないまま、お蔵入りになっていました。

イギリスで絵本の形で出版されたのは 1971 年のこと。日本語訳は 1988 年に出版されました。彼女らしいシニカルな視点を交えた、ユーモアが感じられる一冊。

Courtesy of Victoria and Albert Museum

STORY

ずるいねこのおはなし

The Sly Old Cat

ねこからお茶に招かれたねずみは、きちんとお洒落をして出かけました。それにもかかわらず、ねこのもてなしは、自分の食べ残しのパンをすすめるなど、とても失礼なもの。会話をかわすうちにねずみは、ねこが自分をデザートとして食べてしまうつもりだと気づきます。

『キツネどんのおはなし』

カースル・コテージ、エスウェイト湖ほかニア・ソーリー村周辺が物語の舞台。

１９１２年出版の『キツネどんのおはなし』は、ピーターラビットとベンジャミン・バニーが登場する物語としては最後の作品。赤ちゃんうさぎをさらうアナグマ・トミー、ずるがしこいキツネという悪役が重要な役割を担っているのは、ビアトリクス自身がいい人のおはなしには飽きてしまったからだとか。当時、彼女は農場経営に忙しかったためカラーの挿絵を描く時間がなく、ほとんどが版画風のモノクロですが、深みがありじっくり楽しめるおはなしです。

STORY

キツネどんのおはなし

The Tale of Mr. Tod

生まれたばかりの孫のお守りを頼まれたうさぎのバウンサーさんは、嫌われもののアナグマ・トミーとおしゃべりを楽しみ、うっかり居眠り。お腹をすかせたトミーはそのすきに、赤ちゃんのうさぎたちをさらっていきました。ベンジャミンはいとこのピーターとともに、足あとを頼りにトミーのあとを追います。そしてたどり着いたのは、これまた嫌われもののキツネどんの家でした。

恋する2匹のこぶたの物語
『こぶたのピグリン・ブランドのおはなし』

Courtesy of the Linder Collection

左上・左下／物語に描かれたニア・ソーリー村の三叉路と水彩画。標識は『まちねずみジョニーのおはなし』などの舞台になった、ホークスヘッドの町を示している。

1913年10月出版の『こぶたのピグリン・ブランドのおはなし』は、市場へ向かう途中でトラブルに巻き込まれるピグリンの冒険を描いたストーリー。女の子のぶたピグウィグが登場してロマンスが生まれるという、ほかの作品には見られない魅力があります。

物語の前半は、おもにニア・ソーリー村が舞台。今も残る三叉路《さんさろ》や、弟アレクサンダーが連れ戻される場面ではヒルトップ農場の小道などが描かれています。物語の最後、ピグリンとピグウィグが向かうのは、ウィンダミア湖の北西にあるリトル・ラングデイルという美しい渓谷です。

実はこの絵本が誕生する前年、ビアトリクスは弁護士のウィリアム・ヒーリスから求婚されています。結婚式をあげたのが出版直後だったため、手を取り合って道を行くピグリンとピグウィグは、ふたりのことを描いたのではないかと噂になりました。

背の高いウィリアムをモデルにするなら、すらりとした動物を描いていたはずだ、とビアトリクスは噂を否定しています。とはいえ、厳しい両親の束縛からようやく解き放たれた喜びが、絵本からあふれ出ているような気がしてなりません。

左上／２匹が目指す丘の向こうとして描かれたリトル・ラングデイル。上／プラセイ川にかかるスレーター・ブリッジは、ピグリンとピグウィグが手を取り合って駆けていく場面を彷彿とさせる。

STORY

こぶたのピグリン・ブランドのおはなし

The Tale of Pigling Bland

子ぶたのピグリン・ブランドと弟のアレクサンダーは、市場に出かけます。お母さんのペティトーおばさんは２匹のために市場の入場許可証を２枚用意しますが、警官に会った際、アレクサンダーの分が見つからず連れ戻されることに。ひとり歩き続けたピグリンは道に迷ったすえに、農場に閉じ込められていた黒ぶたの女の子ピグウィグと出会います。２匹はそこから逃げ出すことを誓いました。

Courtesy of National Trust

南イングランドの港町が舞台の『こぶたのロビンソンのおはなし』

ロビンソンが歩いている砂浜は、ビアトリクスが幾度となく訪れたシドマスの海岸。

『こぶたのロビンソンのおはなし』は、ビアトリクスの絵本シリーズの最後を飾る作品です。出版は１９３０年。彼女が64歳になってからのことですが、物語の原形が生まれたのは17歳のとき。１８８３年に南イングランドのイルフラクームという町に、家族とともに滞在していた時期でした。イルフラクームには港へと続く長い階段があり、その散策中にストーリーが浮かんだのだそうです。

その後、『ピーターラビットのおはなし』が出版される前年の１９０１年、南イングランドのシドマスという町に滞在中、ビアトリクスは船員に騙《だま》されて船に乗せられてしまうロビンソンのおはなしに取り組みました。とはいえ、完成、そして出版にいたるまでには長い歳月を要したのです。

ロビンソンが買い物に出かけるスタイマスは、そのシドマスをはじめ、南イングランドにある風光明媚《めいび》ないくつかの避暑地をイメージしてつくられた架空の港町。挿絵にはヘイスティングス、ライム・リージス、シドマスなどの風景が盛り込まれており、それぞれの町では今なお、ビアトリクスが歩いた当時のままの景色を目にすることができます。

Courtesy of National Trust

ロビンソンが船員と出会った場面は、シドマスのフォア通り。

Courtesy of National Trust

ニシン漁の網の倉庫周辺の景色は、南イングランドのヘイスティングスの町。

ライム・リージスの坂道は、1904 年にビアトリクスがスケッチした当時の面影を残す。

Courtesy of the Linder Collection

STORY

こぶたのロビンソンのおはなし

The Tale of Little Pig Robinson

遠い港町スタイマスへとおつかいに行ったこぶたのロビンソンは、買い物の途中で親切そうな船員と出会います。「だめ」と言えない性格のロビンソンは、船員に連れられて船に乗ってしまいました。たくさんのマフィンを食べた後、うっかり眠ってしまい、気がつけば船は大海原に。毎日ごちそうが出ましたが、船員は実はコックで、船長の誕生日に、ロビンソンをローストポークにしようとたくらんでいました。

花々に彩られたビアトリクスの物語

ノアザミやスイカズラなどで作られた花束。 Courtesy of the Linder Collection

イギリス人の暮らしのなかで、花は欠かせない存在。ロンドンのような都会から田舎家の庭先や道端まで、春の到来とともに色鮮やかな花々がそこかしこを彩ります。

花をこよなく愛するイギリス人の例にもれず、ビアトリクスの花への思いは深く、旅先や散策時に野に咲く花を摘んでは、家に持ち帰っていました。飾って愛でるのはもちろんのこと、丁寧に観察し、スケッチや水彩画として残すためです。

『こねこのトムのおはなし』で描かれたヒルトップ農場の庭やニア・ソーリー村の周辺をはじめ、ビアトリクスはおはなしのなかでも多数の花々を描いています。絵本のページを開けば、彼女が歩いた花があふれる景色を楽しめるのもまた、物語の魅力のひとつです。

鋭いとげのあるノアザミは、スコットランドの国花。その昔、ヴァイキングの侵略から国を守ったという伝説もある。

Courtesy of Victoria and Albert Museum

左／ラベンダーのスケッチ。右／ピーターのお母さんの店では、ラベンダーで作る「うさぎたばこ」を売っていた。

『こねこのトムのおはなし』に登場するヒルトップ農場の庭。

上／『あひるのジマイマのおはなし』で描かれたジギタリスの花は、別名フォックス・グローブ。右／ビアトリクスの水彩画。

Courtesy of the Linder Collection

Courtesy of National Trust

『こぶたのピグリン・ブランドのおはなし』では、主人公のこぶたに許可証を手渡すシーンで、作者ビアトリクス自身が登場する。

Travelling the UK with the memories of Beatrix Potter™

ビアトリクス・ポター™の記憶をたどる旅

ビアトリクス・ポターは少女の頃から毎年、
家族と避暑に出かけていました。

春はロンドンの自宅の大掃除のため、
風光明媚《めいび》な南イングランドの海辺で過ごしています。

滞在先でふれた豊かな自然や美しい風景は、
ビアトリクスの創造力をやさしく育んだことでしょう。

彼女が目にした景色をたどりながら旅してみませんか。

TRAVEL
Dunkeld & Birnam
ダンケルド
＆バーナム

少女時代の夏をやさしく彩った
スコットランドのカントリー・ハウス

1871年から11年間にわたり、ポター家が夏を過ごしたダルガイズ荘。

スコットランド中部、ダンケルド郊外のダルガイズ荘は、少女時代のビアトリクスにとって、もっとも慣れ親しんだ場所。1871年、5歳になったビアトリクスは避暑のため家族とともにはじめてこの地を訪れ、その後11年間にわたり夏を過ごしています。

ダンケルドは、初代スコットランド王ケネス1世が都に定めたという歴史ある町。ポター家が滞在したダルガイズ荘のそばを流れるテイ川は、サーモンがとれる良質な釣り場でした。釣り好きだったビアトリクスの父ルパートはロンドンから友人を招きフライフィッシングを楽しむなどカントリーライフを満喫していたようです。

そのなかには、『オフィーリア』を描いた画家のジョン・エヴァレット・ミレーの姿も。ミレーは早くからビアトリクスの絵の才能や鋭い観察眼に着目し、ロンドンのアトリエで彼女に絵画の手ほどきをしていた時期もありました。

ルパートには、当時はまだ貴重だったカメラで写真を撮る趣味もあり、ダルガイズ荘でのひとときをはじめ、家族の記録が数多く残されています。その腕前は、玄人はだしとも。ビアトリクスの芸術的センスは、父の影響を受けているのかもしれません。

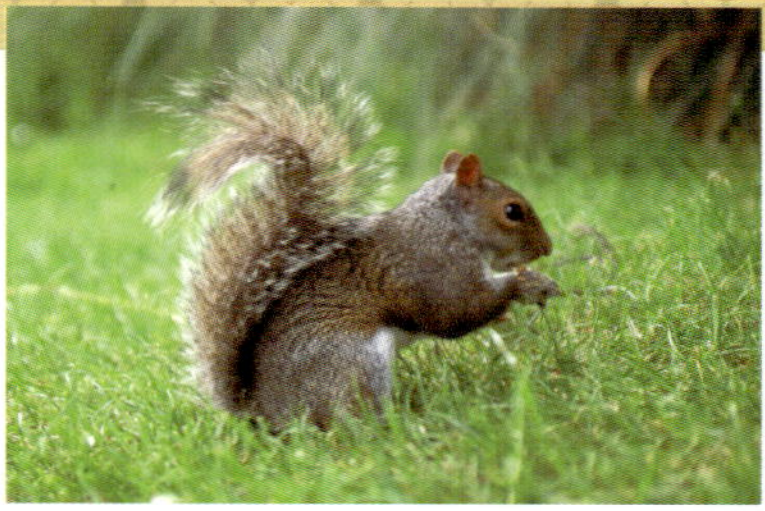

豊かな自然のなかで、ビアトリクスは野うさぎや鹿など野生の動物たちの様子を観察していた。

ビアトリクスが8歳のときに描いたダルガイズ荘。
Courtesy of Victoria and Albert Museum

ロンドンではほとんどの時間を屋敷のなかの子ども部屋で過ごしていたビアトリクスにとって、豊かな自然に囲まれたダルガイズ荘での大らかな毎日はまるで夢のようでした。弟のバートラムとともに周囲を散策するなか、野生の動物や木々や草花、美しい景色に心を奪われ、当初からスケッチを重ねていきました。

「そこはいつも美しかった。懐かしい故郷よ……太陽が沈み、山のむこうに紫の影を落とし、その影が徐々に峡谷を下り、川面から立ちのぼる白い霧と出会う」。後年、ビアトリクスは日記で、当時の記憶を感慨深く振り返っています。

ダンケルドの町を流れるテイ川にかかる橋を渡ると、そこはシェイクスピア

Eastwood Dunkeld
Sep 4th 93

My dear Noel,
I don't know what to write to you, so I shall tell you a story about four little rabbits whose names were –

Flopsy, Mopsy, Cottontail and Peter

They lived with their mother in a sand bank under the root of a big fir tree.

Courtesy of Victoria and Albert Museum

絵手紙が書かれた、テイ川のほとりに建つイーストウッド荘。

の『マクベス』で知られるバーナムの町。1892年、ビアトリクスが26歳のときに、一家はバーナムのヒース・パーク邸でひと夏を過ごしました。

　翌1893年には、ダンケルドのイーストウッド荘へ。そこで書いた絵手紙が後に、『ピーターラビットのおはなし』や『ジェレミー・フィッシャーどんのおはなし』という絵本になるとは、ビアトリクスも考えていなかったことでしょう。

　その頃の彼女が情熱を注いでいたのは、きのこや菌類。背中を押したのは、パースシャーの博物学者、チャールズ・マッキントッシュでした。アマチュアながらも苔《こけ》や菌類の研究者として専門家から高く評価されていたチャールズとの交流を通し、ビアトリクスは知識を深めていきます。

ダンケルド＆バーナム駅近くのヒース・パーク邸。

Coldstream
TRAVEL
コールドストリーム

コールドストリームのツイード川。

家族と過ごしたスコットランド最後の夏 ツイード川のほとりのレンネル荘

1894年の夏、ポター家が過ごしたのは、スコットランド南部の町コールドストリーム近郊のレンネル荘です。それまで毎年のようにスコットランドを訪れていましたが、この年の滞在が、家族全員で過ごした最後の休暇になりました。

町の南には、スコットランドとイングランドを隔てるツイード川が流れており、ビアトリクスの父親ルパートが屋敷を借りたのは、この川が釣りの名所だったため。一方でビアトリクスは、まだ、きのこの季節には早かったこともあり、採石場を訪れるなどして地質学に夢中になっていました。

ポター家が滞在していたレンネル荘。

TRAVEL

Tenby

テンビー

Peter Rabbit Story TRAVEL

パステル調のやわらかな色合いの建物が続くテンビーの景色。

『ピーターラビットのおはなし』が書かれた 南西ウェールズの海辺のリゾート地

1900年、ビアトリクスが33歳の春、ポター家はウェールズ南西部の海辺の町、テンビーでの休暇を楽しみました。

テンビーは、イングランドとウェールズの攻防戦が長きにわたって続いた要所。カースル・ヒルという丘の上には、当時の城跡も残っています。昔から貿易の拠点にもなっていましたが、18世紀以降は保養地として人気が高まりました。現在もホテルや別荘が数多く建ち並び、夏場には多くの観光客が海水浴に訪れています。

当時ポター家が借りたのは、ノース・ビーチという砂浜を見渡せるクラフト通りに建つ邸。父ルパートはいつものように写真の撮影をして歩き、ビアトリクスは町を散策しながら風景を描いて過ごしました。教会をはじめ彼女が写し取った景色は、今も町のあちらこちらに見ることができます。

かつての家庭教師の娘、マージョリー・ムーアに宛てたビアトリクスの絵手紙には、崖に生息する海鳥を観察するため、崖のすぐ下までボートを漕いでもらったときのことが書かれています。描かれた断崖の様子からは、好奇心の強いビアトリクスの性格をうかがい知ることができます。

この時期、ビアトリクスは翌年に私家版として出版される、『ピーターラビットの

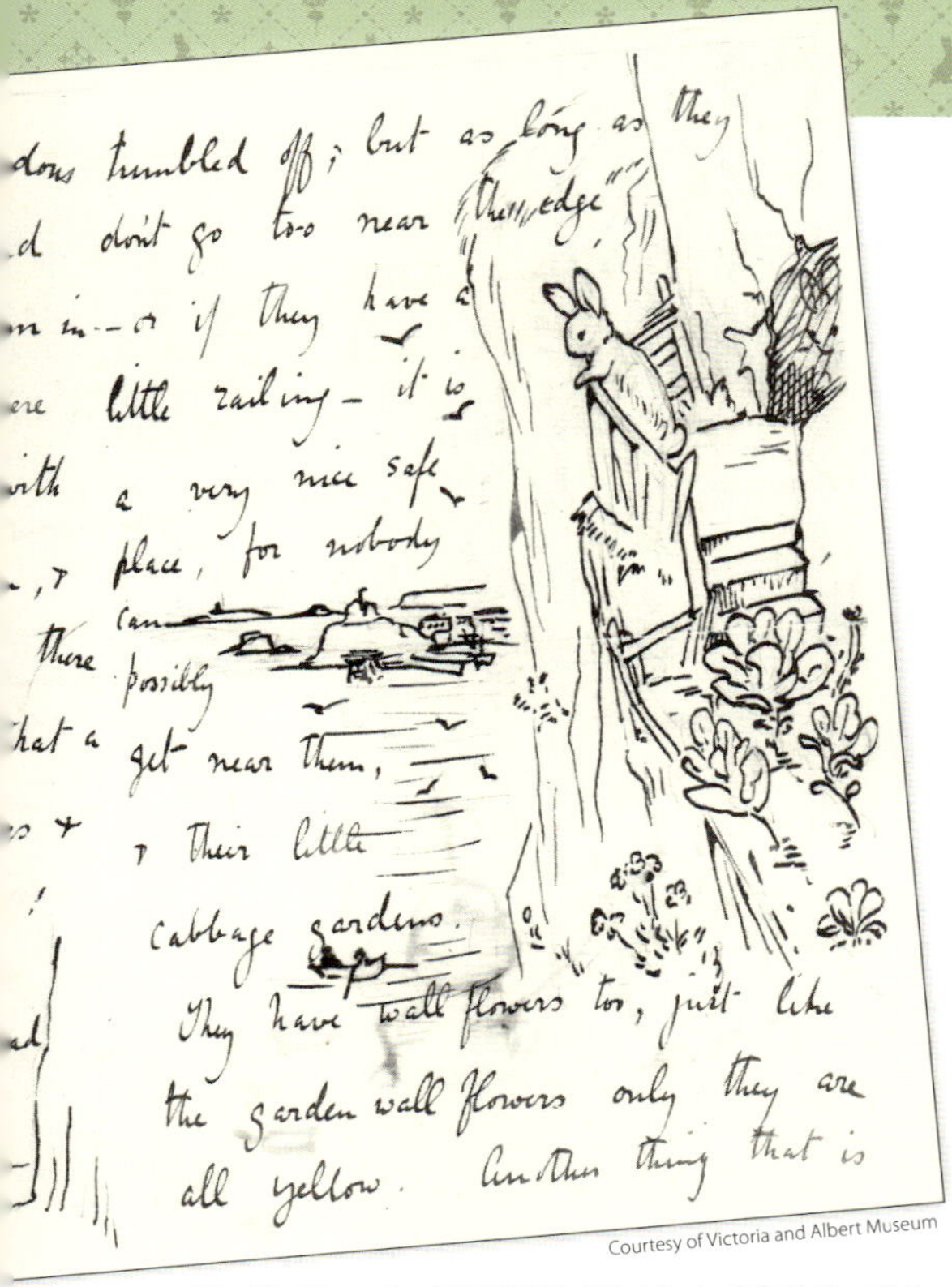
dows tumbled off ; but as long as they
d don't go too near the edge
n in -- or if they have a
ere little railing - it is
ith a very nice safe
, & place, for nobody
can
there possibly
hat a get near them,
& their little
cabbage gardens.
They have wall flowers too, just like
the garden wall flowers only they are
all yellow. Another thing that is

Courtesy of Victoria and Albert Museum

マージョリー・ムーアに宛てたテンビーからの手紙。崖の階段の踊り場から、うさぎが眺めているのはノース・ビーチ。遠くに見えるのはカースル・ヒル。

上／町のランドマークであるセント・メアリー教会。右／その教会の尖塔を描いたビアトリクスのスケッチ。

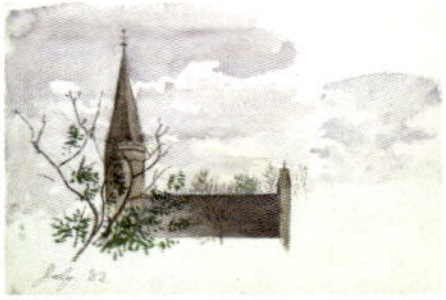

Courtesy of Victoria and Albert Museum

カースル・ヒルに残るテンビー城址。

おはなし』の作業にも夢中になっていました。滞在したクラフト通りの邸宅でも、睡蓮の浮かぶ池を描いた「テンビーの庭」という水彩画などが描かれ、絵本のなかの挿絵のモチーフとなりました。

Courtesy of Victoria and Albert Museum

左／クラフト通りの邸宅の庭のスケッチ。右／庭の池が登場する『ピーターラビットのおはなし』の挿絵。

TRAVEL
Llanbedr
ランベドゥル

ロンドンからの哀しい知らせを受け取った北西ウェールズの小さな町

のどかな景色が続くランベドゥル。ビアトリクスは心の動揺を家族に隠しつつ、この町で夏を過ごした。

ウェールズの北西に位置するランベドゥルは、かつてスレート（粘板岩）の切り出し産業で栄えた、海辺近くの小さな町。1882年以降、ポター家は湖水地方を訪れていましたが、いつもの別荘にはすでに借り手がついてしまったため、1905年の夏はこのランベドゥルで過ごしています。『ピーターラビットのおはなし』の出版から3年。次々とベストセラーの絵本を生み出してきたビアトリクスと編集担当であるノーマン・ウォーンが互いを思う気持ちは、この頃、仕事上の信頼関係を超えて深まっていました。ランベドゥルへと旅立つ直前の7月、ノーマンからプロポーズの手紙を受けったビアトリクスは、両親が反対するにもかかわらず承諾しています。

出発前、ノーマンが病にかかったとの報せを受けたものの、婚約の事実はまだ限られた人しか知らなかったため見舞いには行けず。ランベドゥルではノーマンの快復を祈りつつ、町の様子や日々の生活を日記に綴ったりスケッチに歩いたりと、ビアトリクスは気を紛らわせながら過ごしました。

しかし、願いは届かず、8月25日にノーマンが急性白血病で亡くなったという電報が届きます。幸せな婚約期間は、1か月で幕を下ろしました。

町の中心を流れるアルトロ川にかかるランベドゥル橋。周辺で出会ったたくさんの蝶が、ビアトリクスを和ませた。

現在のランベドゥル駅。線路の先、ノーマンがいるロンドンへと、ビアトリクスは思いを馳せたことだろう。

ノーマンの死の前日に描かれたランベドゥルの麦畑。この水彩画は、手紙とともにノーマンの姉ミリーに贈られた。
Courtesy of Victoria and Albert Museum

完成までに7年の歳月を費やした城の内部には、豪華な装飾が施されている。現在は、ナショナル・トラストが管理。

はじめて訪れた湖水地方の滞在先は ウィンダミア湖を望む城のような館

1882年の夏、ビアトリクスの人生を大きく左右するできごとがありました。ダルガイズ荘の賃料が法外に引き上げられ、父のルパートはウィンダミア湖畔のレイ・カースル（キャッスルの英国風の発音）を休暇の滞在先に決めたのです。ビアトリクスにとっては、はじめての湖水地方です。

裕福な医者が建てたレイ・カースルは、その名のとおり城のような外観。敷地内にはボート乗り場があり、ビアトリクスは家族とボート遊びに興じました。スコットランドとはまた異なる植物や動物にも心を奪われ、スケッチを重ねています。

一家の滞在中、地元教区の牧師がレイ・カースルを訪ねています。絵本の出版から自然保護運動まで、後々までビアトリクスの人生に影響をおよぼしたハードウィック・ローンズリー牧師との出会いでした。

Courtesy of Victoria and Albert Museum

ビアトリクスが描いたレイ・カースル内の図書室の水彩画。

TRAVEL
Grange-over-Sands
グレンジ・
オーバー・サンズ

Peter Rabbit Story TRAVEL

春のひとときを家族と過ごした湖水地方南部の海辺のリゾート

ビアトリクスが弟バートラムとともに岸辺を歩いた、町の郊外に広がる干潟。

グレンジ・オーバー・サンズは、湖水地方南部のモーカム湾に面した入江の町。郊外の干潟は、バードウォッチングの名所として知られています。1887年、20歳のビアトリクスは、家族とともに春のイースター休暇をこの地で過ごしました。

当時、ビアトリクスはリュウマチ熱による足の痛みに悩まされていましたが、弟バートラムと一緒に海辺を散策したことを日記に記しています。

また後年、『こぶたのピグリン・ブランドのおはなし』のモデルとなる子ぶたと養豚場で出会うという、ささやかながらも未来に続く幸せを得ました。

滞在したハード・クラッグホール。門柱のプレートには、子ぶたのエピソードが記されている。

湖水地方

Esthwaite Water ～Lakefield
エスウェイト湖畔～レイクフィールド邸

エスウェイト湖畔の白亜の邸宅 ニア・ソーリー村への思いを深めた

初秋のイースワイク邸（旧レイクフィールド邸）。結婚後、新居改築中の1913年にも、ビアトリクスはここに滞在した。

1882年のレイ・カースル滞在後も、ポター家はたびたび湖水地方を訪れていました。その多くは『りすのナトキンのおはなし』の舞台になったダーウェント湖畔のリングホーム邸でしたが、1896年にはじめて、ウィンダミア湖の西、エスウェイト湖畔に建つニア・ソーリー村のレイクフィールド邸で夏を過ごしています。

ビアトリクスは以前から「もっとも美しい」と賞賛するほど、エスウェイト湖の景色を気に入っていました。このときの滞在はもしかしたら、そんな彼女の思いを父ルパートが知っていたからなのかもしれません。

レイクフィールド邸のすぐそばにあったのが、後にビアトリクスが移り住んだヒルトップ農場です。はじめて村を訪れたのは10代のときだといわれていますが、30歳になったこの年、彼女はふたたび村や周辺を歩き、その美しい景色に深く魅了されました。

4年後、イースワイク（湖の東の家という意味）と名前を変えた邸を、ふたたびポター家は訪れました。その際、一家の御者ベケット夫妻の宿泊先となったのが、ヒルトップ農場です。イースワイク邸から農場へとビアトリクスは足繁く通い、スケッチに励みました。村で暮らしたいという願い

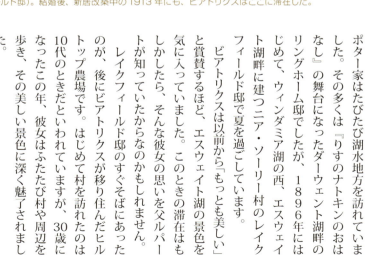

Courtesy of the Linder Collection

以前、レイクフィールド邸だった頃の庭の景色を描いた水彩画。

イースワイク邸のテラスからの眺め。木々の向こうにエスウェイト湖が望める。

Courtesy of Victoria and Albert Museum

ビアトリクスが描いたエスウェイト湖の水彩画。

は、エスウェイト湖畔でのこの滞在時に育まれたに違いありません。

現在、イースワイク邸はこぢんまりとした居心地の良いホテルになっています。客室では、ビアトリクスが愛したエスウェイト湖の眺めを満喫できる、のどかなひとときが待ち受けています。

ホテルとなったイースワイク邸の近所で、ジマイマの像が見られる。

TRAVEL

Long Melford ~Melford Hall

ロング・メルフォード ~メルフォード・ホール

メルフォード・ホールは、16 世紀建築のチューダー朝様式の邸宅。

『グロースターの仕たて屋』の暖炉を描いた由緒ある男爵家の瀟洒《しょうしゃ》な邸宅

イングランドの東部、ケンブリッジからほど近いロング・メルフォードは、16世紀頃まで毛織物産業で栄えた町です。ここには従姉エセルが嫁いだ、ハイド・パーカー男爵家所有のメルフォード・ホールがあり、ビアトリクスは、この屋敷をたびたび訪れています。

1903年5月、『グロースターの仕たて屋』の執筆にとりかかっていたビアトリクスは、屋敷の古い大きな暖炉が物語のイメージにぴったりなことに気づき、仕たて屋の自宅を描いた挿絵に活かしました。蓮の葉が浮かぶ池のスケッチは、その後に出版された『ジェレミー・フィッシャーどんのおはなし』のモチーフとなっています。

その年のクリスマス休暇もまた、ビアトリクスはこのメルフォード・ホールで過ごしました。ロンドンを発つ前にノーマンに送った手紙には、翌年に出版が予定されていた『2ひきのわるいねずみのおはなし』のアイデアを、男爵家の子どもたちに聞かせて、彼らの反応を確かめてみたいと書かれています。

第二次世界大戦が始まった翌年の1940年、エセルの息子である第11代ハイド・パーカー男爵の妻レディ・ウラから、湖水地方のビアトリクスのもとに悲報が届

Courtesy of the Linder Collection

邸宅の敷地を囲むレンガ塀の水彩画。

Courtesy of the Linder Collection

庭園にあるバンケティング・ハウスの入口を描いた水彩画。

きます。男爵が自動車事故で重症を負った上、邸宅が陸軍に接収されて、一家は住む家を失ったという内容でした。

ビアトリクスが彼らのために用意したのは、ウィリアムとの結婚を機にカースル・コテージに移った後、創作活動のためだけの空間として大事に守っていたヒルトップでした。それだけ、男爵家に対して思い入れがあったのでしょう。

かつてエリザベス1世も来賓として訪れたメルフォード・ホールは現在、一般にも公開。ビアトリクスが滞在中に使用した2階の寝室は、「ビアトリクス・ポター・ルーム」と名付けられました。天蓋付きのベッドをはじめ、家具は当時の様子が再現され、白を基調としたヴィクトリアン様式のエレガントな調度品のしつらいは、当時の男爵家の威光を物語っています。『グロースターの仕たて屋』をはじめ、挿絵のもととなったスケッチの展示も見逃せません。

Courtesy of Victoria and Albert Museum

猫脚が特徴的な、クイーン・アン様式の椅子のスケッチ。

Hatfield～Bush Hall

TRAVEL
ハットフィールド
～ブッシュ・ホール

大好きな祖母の近くで過ごした
ロンドン郊外の夏の別荘

古い赤レンガ造りのブッシュ・ホール。以前はホテルとして利用できたが、現在は休業中。

ビアトリクスが誕生した1866年、祖父のエドマンド・ポターはロンドン近郊のハットフィールドにカムフィールド・プレイスと呼ばれる屋敷を購入しました。ロンドンからの日帰りも可能な距離だったため、ポター家はしばしばここを訪れています。

祖父母が待つ屋敷は、幼い頃のビアトリクスにとっては、「世界で私が一番好きな場所」。とりわけ、少女時代の話を聞かせてくれる大好きな祖母ジェッシーとの時間が、愛《いと》おしいひとときでした。

ときには近くに家を借り、しばらく滞在することもありました。ビアトリクスが18歳の夏、ポター家が過ごしたのがブッシュ・ホールという大きな館。前年にエドマンドが亡くなり、ひとり残されたジェッシーを気にかけてのことでした。馬車とポニーの利用を許されたビアトリクスは、屋敷や周辺の風景を多数描いています。

Courtesy of the Linder Collection

ビアトリクスが18歳のときのスケッチ。ブッシュ・ホールの鐘楼や屋根裏部屋が描かれている。

TRAVEL
Rye
ライ

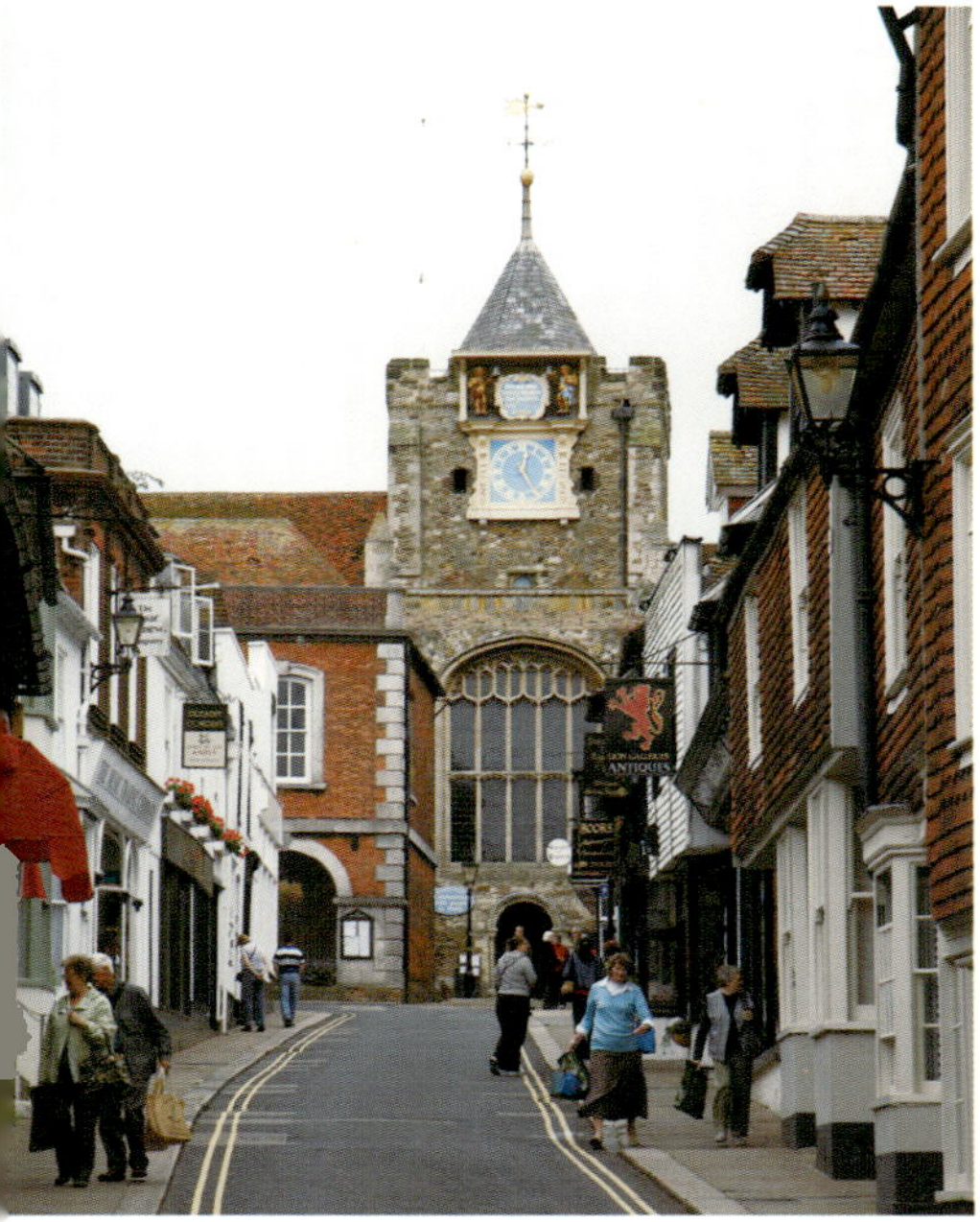

右上／赤い屋根が続くライの町並み。『はとのチルダーのおはなし』は、この景色の描写で始まる。右下／古い町並みが残るマーメイド通りの一角。左／セント・メアリー教会の時計塔は、イングランドの教会にあるものとしては最古といわれる。

眠気を誘うほどの静けさにつつまれた赤い屋根が並ぶ石畳の町

春の休暇で南イングランドの海辺の町を訪れていたビアトリクスは、家族とともにドーヴァー海峡に面した町、ライへと何度か足を延ばしています。かつて港町として栄えたライの魅力は、古い赤レンガの屋根が連なる美しい景色。１５６１年に時計塔が付けられた町のシンボル、セント・メアリー教会と、そこに続く石畳の坂道のスケッチをビアトリクスは描きました。

１９０８年には、この町で耳にした、煙突のなかで動けなくなってしまった鳩の話がもとになった、『はとのチルダーのおはなし』という物語がウォーン家の子どもたちに向けて書かれています。物語の中でライの町を紹介する際には、眠気を誘うほど静かだとビアトリクスは綴っています。

第一次世界大戦後、フレデリック・ウォーン社はこのおはなしを絵本として出版してはどうかという提案をしますが、弱虫の鳩が登場するストーリーが時代に合わないという理由でビアトリクスに断られ、結局出版は見送られました。彼女が亡くなった後の１９５５年にアメリカで、イギリスでは１９７０年に、『はとのチルダーのおはなし』は、マリー・エンジェルの挿絵をつけて出版されました。

Hastings

TRAVEL

ヘイスティングス

ハイシーズンには多くの観光客でにぎわうヘイスティングスの海岸。

歴史的な町並みが残る イングランド南東部の海辺の町

イングランド南東部のドーヴァー海峡を一望できる海辺の町ヘイスティングスは、1066年にノルマンディ公ギョーム2世とイングランド王ハロルド2世の決戦が行われた場所。

戦に勝利したノルマンディ公は現在にまでいたる王室の祖、ウィリアム1世となったという、イギリス史を語る上では欠かせない場所です。

ビアトリクスは1898年から1907年の間、冬から春にかけて4回、家族とともにこのヘイスティングスのロバートソン・テラスにある屋敷に滞在しました。

1903年は、天候が悪く雨続きだったため、ビアトリクスは部屋に閉じこもり、物語の創作に集中できたようです。ロンドンにいる編集担当者ノーマン・ウォーンに送られたノートには、『パイがふたつあったおはなし』『妖精のキャラバン』『2ひきのわるいねずみのおはなし』の3つの物語が書かれていました。

町の景色は、シリーズ最後の物語である『こぶたのロビンソンのおはなし』にも登場しました。漁師が網を干すためのコールタールで塗られた網倉や、海岸線を彩る白い崖は、今も絵本に描かれたままに残っています。

ウェスト・ヒルから見下ろしたヘイスティングスの町並み。

ロバートソン・テラスの跡に建つデパートの壁には、『2ひきのわるいねずみのおはなし』『パイがふたつあったおはなし』がここで書かれたと記されている。

右の黒い建物が、『こぶたのロビンソンのおはなし』に登場する倉庫。

TRAVEL
Stroud～
Harescombe Grange
ストラウド～
ヘアズクーム農園

3歳年下のキャロラインと実りあるひとときを過ごしたヘアズクーム農園。

仕たて屋の物語が生まれるきっかけとなった従姉が住むグロースター州の農園

1894年、28歳の誕生日を迎える直前の6月、ビアトリクスはコッツウォルズの西、グロースター州のストラウドにあるヘアズクーム農園に住む従姉のキャロライン・ハットンから招待を受けました。厳しい両親とともにいることが多かったビアトリクスにとって、ひとりでの外出は5年ぶりのこと。彼女を思いやったキャロラインが、頑固な母を説得してくれたのでした。

ビアトリクスにとって、キャロラインはよき相談相手。ふたりは昼間は散歩を楽しみ、夜はベッドに入るまでおしゃべりを続けました。キャロラインは女性解放や社会問題への関心も高く、ビアトリクスはかなり刺激を受けたようです。その後も数年にわたり、ビアトリクスは彼女のもとを訪ねています。

キャロラインは、ビアトリクスの創作活動にも恵みをもたらしました。グロースターの町の仕たて屋が体験したというふしぎな話を語って聞かせ、それが後の『グロースターの仕たて屋』のヒントになったのです。また、『2ひきのわるいねずみのおはなし』に登場するハンカ・マンカとトム・サムは、このヘアズクーム農園でつかまえて連れ帰ったねずみがモデルとして描かれています。

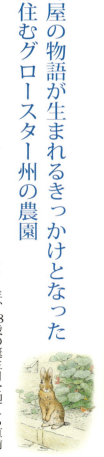

TRAVEL

Salisbury

ソールズベリー

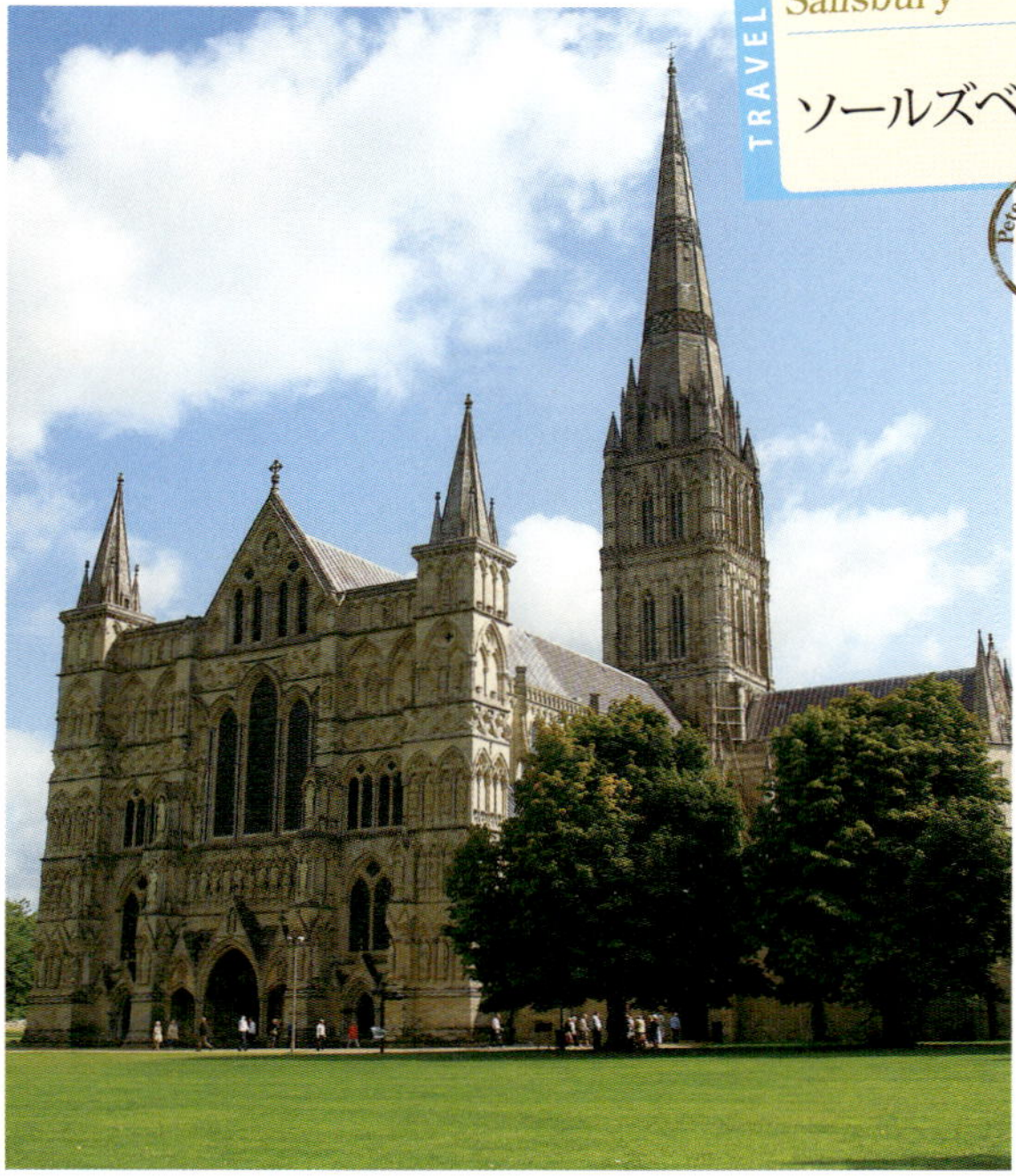

壮大な歴史を感じる中世の町と巨石が円を描く古代の遺跡

上／ソールズベリー大聖堂は13世紀の着工後、約40年の歳月をかけて完成した。尖塔は123メートルの高さ。左上／歴史を経た景色が、そこかしこに残るソールズベリーの町。左中／町の中心にあるマーケット・クロス。左下／雪がまだ残る、早春のストーンヘンジ。

イングランド南部のソールズベリーは、そのはじまりが先史時代までさかのぼるという古い町。１８９５年４月、ポター家ははじめてこの地を訪れました。町の中心にある１３世紀に建てられた大聖堂は、その外観が完璧な美しさだったとビアトリクスは日記に記しています。

ソールズベリーの町から、一家は北にあるストーンヘンジにも足を延ばしています。後に世界遺産に登録されたこの巨石群は、直径約１００メートル、高さ約５メートル。圧倒的な存在感を放ち、なにもない平原に巨石が現れる光景が、ビアトリクスにとってはとても印象的だったようです。

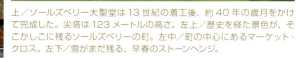

TRAVEL
Lyme Regis
ライム・リージス

ライム・リージスのドーセット海岸。一帯の海岸はジュラシック・コーストとも呼ばれ、アンモナイトなどの化石が採れる。

ロビンソンが歩く通りが描かれた美しい海岸線が続く魅力あふれる町

ライム・リージスは、イギリス南西部ドーセット州のライム湾に面した海沿いの町。19世紀からは観光地として栄えています。

１９０４年4月、ポター家はこの町のマリナーズ・ホテルに2週間にわたり滞在しています。その間に、前年に出版した『りすのナトキンのおはなし』の売れ行きが大変好調との知らせが編集担当のノーマンから届き、ビアトリクスを喜ばせました。

天気に恵まれたこともあり、ビアトリクスはこの古い町並みを存分にスケッチして歩きました。町のメインストリートの交差点は、後に『こぶたのロビンソンのおはなし』の舞台になっています。

ビアトリクスが家族とともに過ごしたマリナーズ・ホテル。

TRAVEL
Sidmouth
シドマス

シドマスの町とライム湾。赤土の崖は、デヴォン地方の海岸一帯にそびえている。

世界遺産の海岸線が美しい デヴォン地方の海辺の小さな町

イングランド南西部デヴォン州にあるシドマスは、ポター家がしばしば春の休暇を過ごした町です。ヒルトップ農場を購入し、湖水地方で多くの時間を過ごすようになってからも、毎年の春と夏の休暇だけは両親と一緒に過ごすことをビアトリクスは心がけていました。世界自然遺産にも登録された海岸の赤土の崖や古い町並みは、水彩画として残されています。

後年ビアトリクスは『こぶたのロビンソンのおはなし』でロビンソンが出かけるスタイマスの市場について「スタイマスはシドマスのことです」と、明かしています。

Courtesy of Victoria and Albert Museum
1902年にシドマスで描かれた水彩画。赤土の断崖の下、砂浜の近くで遊ぶ人々が見られる。

TRAVEL
Falmouth
ファルマス

最初の絵手紙が書かれたコーンウォール地方の海辺の町

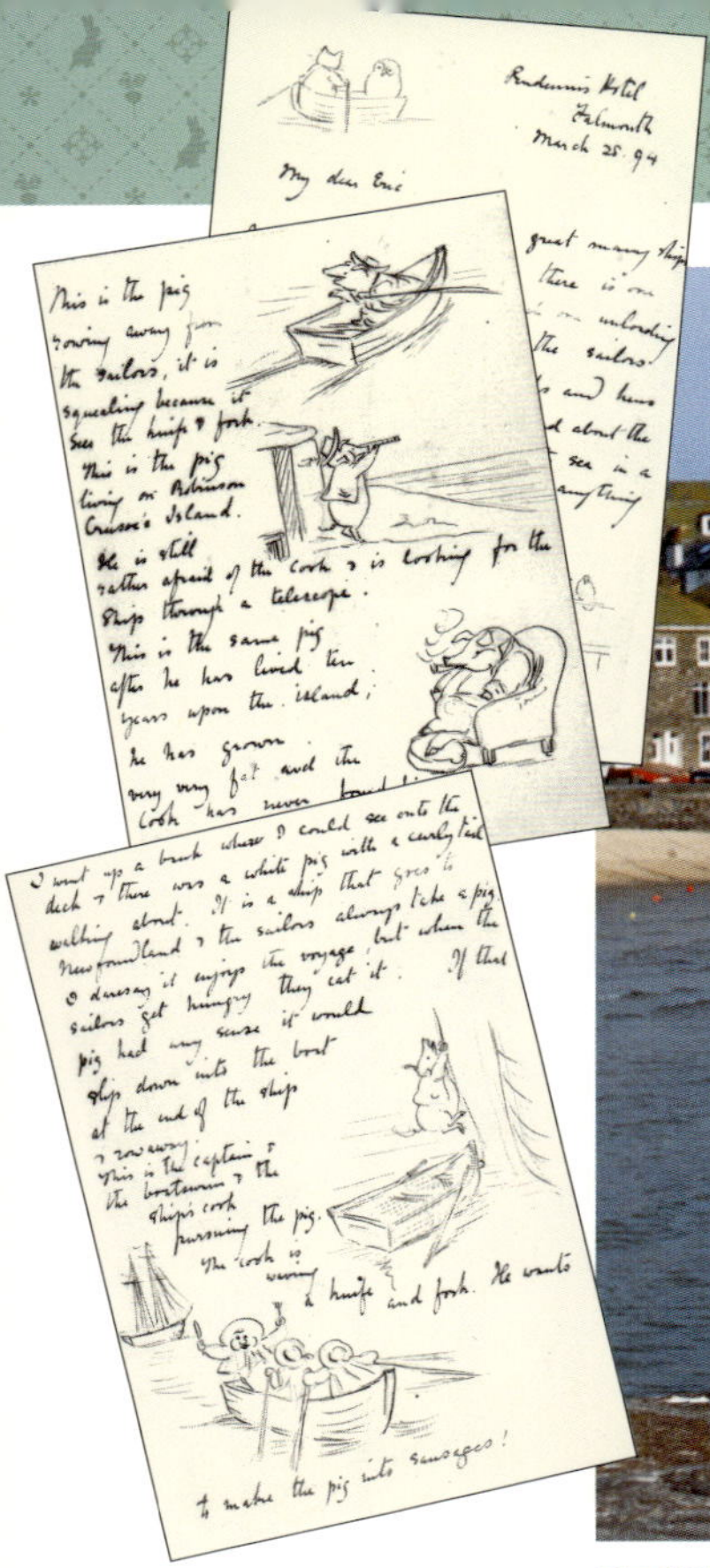
Pendennis Hotel
Falmouth
March 25. 94
My dear Eric

This is the pig rowing away from the sailors, it is squealing because it sees the knife & fork.
This is the pig living on Robinson Crusoe's island.
He is still rather afraid of the cook & is looking for the ships through a telescope.
This is the same pig after he has lived ten years upon the island; he has grown very very fat and the cook has never found

I went up a bank where I could see onto the deck & there was a white pig with a curly tail walking about. It is a ship that goes to Newfoundland & the sailors always take a pig ... but when the sailors get hungry they eat it. If that pig had any sense it would slip down into the boat at the end of the ship & row away.
This is the captain & the boatswain & the ship's cook pursuing the pig.
The cook is waving a knife and fork. He wants to make the pig into sausages!

Courtesy of Victoria and Albert Museum

ファルマス港の景色と、休暇先での楽しい様子を絵とともに綴ったエリック宛ての絵手紙。

イングランド南西部、コーンウォール地方の港町として栄えてきたファルマスをビアトリクスが訪れたのは、1892年の春、25歳のときのこと。この町で彼女は、かつての家庭教師の息子ノエルにイラストの入った手紙を送り、楽しい旅の様子を伝えました。これが、ビアトリクスがはじめて書いた絵手紙です。

受け取ったノエルが喜んだのはもちろん、ビアトリクス自身もこのスタイルを気に入りました。その後も行く先々から子どもたちに絵手紙をしたため、そのひとつが『ピーターラビットのおはなし』の原形となったのです。

1894年のファルマス滞在時にはノエルの弟エリック宛てに、「ファルマスの真珠」と名付けられた船に、尻尾がくるりと丸まった白いぶたが乗り込む物語を綴った絵手紙を送りました。後の『こぶたのロビンソンのおはなし』を彷彿《ほうふつ》とさせるストーリーです。

滞在中、ビアトリクスは弟のバートラムや両親とともに、ファルマスの町のそばにあるペンデニス岬の海辺で化石探しを楽しみました。当時、地質学は広く人気を集めており、化石探しは人々の楽しみのひとつだったそうです。

TRAVEL
Ilfracombe
イルフラクーム

『こぶたのロビンソンのおはなし』が生まれた ヴィクトリア時代から愛された海辺の町

イルフラクーム港とブリストル海峡を望む丘にはイングランドでもっとも古い灯台があり、後に教会が増築された。

デヴォン州北部に位置する港町イルフラクームもまた、ポター家が春に訪れていた休暇先のひとつ。起伏が激しいこの町には港へと続く長い階段があり、そこでビアトリクスが得たアイデアが、『こぶたのロビンソンのおはなし』になりました。

1883年にラークストーン・レーンの宿に滞在したビアトリクスは、遅れて到着することになっていた父のルパート宛ての手紙に、かもめなどの海鳥の観察に熱中したことなどを書いています。また、美しい若草色の珍しいトカゲを見つけ、スケッチのためにロンドンの自宅に持ち帰りました。

ビアトリクスが庭園を散策した、高台の上に建つ城。

ビアトリクスが愛した湖水地方の冬の日々

ビアトリクスが愛した湖水地方は北海道よりも高緯度に位置しますが、暖流の影響を受け、気温はマイナスを大きく割るほど冷え込むことはなく、積雪量もさほど多くありません。また、暖炉に火がくべられれば、石造りの家はふんわりやさしく温もります。

防寒具が進化した現代と比べれば雪道を行くのは大変だったはずですが、ビアトリクスはそんなひとときも楽しんでいたようです。ヒルトップ農場をはじめ雪におおわれた景色は数多く描かれ、大雪が降った年はその光景の美しさを手紙に綴っています。１９２８年に出版された『ピーターラビットの暦（アルマナック）』では、雪かきにいそしむピーターの姿も見られます。

冬があるからこそ、春の到来は喜びあふれるものに。ビアトリクスが気に入っていたスノードロップが花を咲かせる頃、春はもう間近に迫っています。

Courtesy of Victoria and Albert Museum
1910 年に描かれた冬のヒルトップ。

ビアトリクスが所有していた
ユー・ツリー・ファーム。

冬のエスウェイト湖畔。

冬景色のなかで赤が映える木の実。

雪のはざまに咲くスノードロップ。

ニア・ソーリー村の雪景色を描いた水彩画。 Courtesy of Victoria and Albert Museum

Courtesy of National Trust

『ピーターラビットの暦（アルマナック）』の１月を彩る雪の景色。

ビアトリクス・ポター™の生涯

The Life of Beatrix Potter™

④

Courtesy of a private collector

③

Courtesy of a private collector

⑤

Courtesy of Victoria and Albert Museum

②

①ビアトリクスが９歳のときのスナップ。②生家跡の記念プレート。③弟のバートラム。④父ルパート、母ヘレンとビアトリクス。⑤ボルトン・ガーデンズ２番地の子ども部屋から見た景色。

①

Courtesy of the The Frederick Warne Archive

ヴィクトリア時代の裕福な家庭に生まれて

1866年7月28日、ヘレン・ビアトリクス・ポターはロンドン、サウス・ケンジントンのボルトン・ガーデンズ2番地で生まれました。世界中に植民地を広げるイギリスが隆盛を誇った、ヴィクトリア女王の時代です。

18世紀なかばからはじまった産業革命もまた国の懐を豊かにし、同時にあらたなる富裕層をも生み出しました。ビアトリクスの父であるルパート・ポターもそのひとりでした。イングランド北部ランカシャーの綿織物で成功した実業家の父をもち、莫大な財産を受け継いだため、法廷弁護士の資格を持ってはいたものの、仕事をする必要はありませんでした。趣味の絵画鑑賞や写真の撮影を楽しむ優雅な日々を送っていたのです。

母のヘレンもまた、裕福な家庭に育ち、結婚後は知人を招いてのお茶会や晩餐会、慈善活動などに時間を費やしていました。ボルトン・ガーデンズでは数多くの使用人が働き、育児も乳母にまかせっきりでした。

幼いビアトリクスの教育をになったスコットランド出身の乳母マッケンジーは、とても厳しい人だったようです。とはいえ、彼女が聞かせてくれた妖精の話が記憶に残っているとも、後に振り返っています。

その後もビアトリクスは学校には通わず、家庭教師から読み書きや算数、絵の描き方などを教わり、子ども部屋で多くの時間を過ごします。両親との会話は寝る前の挨拶ぐらいでしたが、ポター家が特別だったわけではなく、この時代の中流階級の家庭ではごくあたりまえのことでした。

Courtesy of Victoria and Albert Museum

⑥「1875年 ダルガイズ」と書き込まれた８歳のときのスケッチ。毛虫を観察している。⑦バラの花とプラムを描いた水彩画。⑧31歳のときに描いたきのこのスケッチ。

Courtesy of the Linder Collection

Courtesy of Victoria and Albert Museum

アニー・ムーアとの出会いと研究者としての挫折

ビアトリクスが6歳のとき、弟のバートラムが生まれます。同世代の友だちがいなかった彼女にとって、バートラムは唯一の仲間。勉強の時間以外にも、トカゲやイモリ、カエルなど子ども部屋でさまざまなペットを飼ったり、屋敷の庭や夏の避暑地で見つけた生き物をスケッチしたりと、ふたりは楽しみを分かち合いながら日々を過ごしたのです。

バートラムが11歳になったとき、南イングランドにある全寮制の学校に入ることになり、ビアトリクスにはふたたび孤独が訪れますが、最後の家庭教師となるアニー・カーターがそのすき間をうめてくれました。３つしか年が離れていなかったふたりは、教師と生徒というよりも友だちとして心を通わせるようになります。ビアトリクスが19歳のとき、アニーは結婚してポター家を離れますが、ムーア夫人となったその後もつきあいは続きます。

成長するにつれて外出の機会が増えたことも、ビアトリクスを喜ばせました。父親と美術館や演劇の鑑賞に出かける様子が、当時の日記に綴られています。20代の後半からは、きのこをはじめとする菌類に夢中に。30歳を過ぎるころには、その研究は本格的なものになっていました。やがて叔父のヘンリー・ロスコウの紹介もあり、ビアトリクスはより専門的な研究のためキュー植物園（現在のキュー・ガーデン）に通うことを許されます。１８９７年には学会に論文を提出しましたが、最終的には女性だからという理由で受け付けてもらえず、学者としての道は閉ざされてしまいました。

③

Courtesy of Victoria and Albert Museum

②

Courtesy of Victoria and Albert Museum

①

Courtesy of Victoria and Albert Museum

④

Courtesy of Victoria and Albert Museum

①クリスマスカード用に描いたうさぎの絵。②グリーティングカードとして採用されたものには『幸福な二人づれ』のように、表紙や挿絵に使用されたものもあった。③『ベンジャミン・バニーと息子の八百屋さん』と題された仕掛けカード。樽やかごのなかに、うさぎや果物が隠れている。④『うさぎのクリスマスパーティ』は、このカードをふくめて全部で６枚のセット。

画家としてのデビューと転機をもたらした絵手紙

ビアトリクスの叔父ヘンリー・ロスコウは、幼い頃から才能を開花させていた彼女の絵を高く評価していました。１８９０年、23歳になっていたビアトリクスは彼の提案を受け、ペットのうさぎベンジャミン・バウンサーを描いて売りこむ計画をたて、出版社のリストアップを進めました。

出だしは順調に進み、弟のバートラムが直接訪ねたヒルデスハイマー&フォークナー社はその場で絵を買い取り、クリスマスのカードとして販売しました。やがてビアトリクスはフレデリック・ウェザリーという詩人の詩集『幸福な二人づれ』の挿絵を担当。挿絵画家としてデビューを果たしたのです。

この件を機に自信を得たビアトリクスは、ほかの出版社にも自分のスケッチや小さな本を送りますが、いずれも反応は冷たいものでした。菌類の学会同様、社会は女性の活躍を歓迎していなかったのです。

その後の１８９３年、家族とともに避暑に訪れていたスコットランドから、ビアトリクスはかつての家庭教師だったアニーの息子ノエル・ムーアにお見舞いの絵手紙を書きました。続く弟エリックに宛てた、『ジェレミー・フィッシャーどんのおはなし』の原形となったものをふくめ、アニーの子どもたちに送った何通もの絵入りの手紙が、その後の転機につながりました。

７年後の１９００年、子どもたちが大切にとってある絵手紙を絵本にしてみてはどうかと、アニーが提案します。そしてビアトリクスは、ふたたび立ち上がりました。

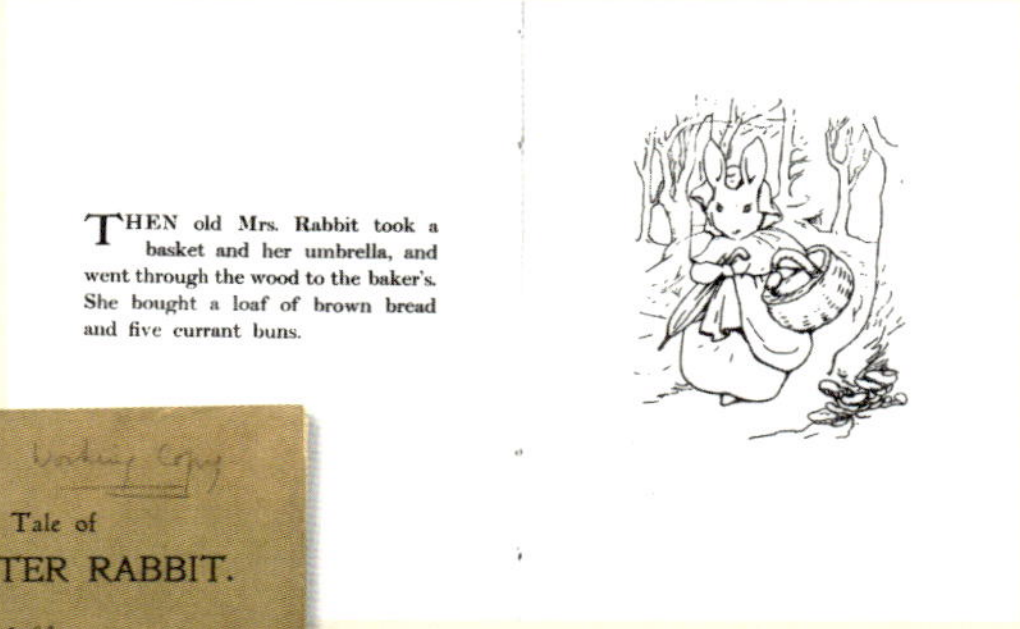
THEN old Mrs. Rabbit took a basket and her umbrella, and went through the wood to the baker's. She bought a loaf of brown bread and five currant buns.

Courtesy of Victoria and Albert Museum

左・上／私家版『ピーターラビットのおはなし』。下／1902年フレデリック・ウォーン社から出版された絵本の装丁は４種類。厚紙装丁版が２種類、布装丁のデラックス版が２種類だった。

右／５歳のノエル・ムーア。下／病気のお見舞いでビアトリクスが送った絵手紙。

Courtesy of a private collector

Eastwood Dunk
Sep 4th

My dear Noel,
I don't know what
write to you, so I shall tell you a
about four little rabbits
whose nam
Flopsy, Mopsy, Cottontail
and Peter

They lived with their mother in a sand bank under the root of a big fir tree.

Courtesy of Victoria and Albert Museum

ピーターラビットとともに いちやくベストセラー絵本作家に

ムーア家の子どもたちに送った絵手紙をもとに当初ビアトリクスが考えたのは、『ピーターラビットとマグレガーさんの菜園のおはなし』と題された絵本でした。

そのころ、ポター家は夏を湖水地方で過ごすようになっていましたが、はじめて訪れた時に宿泊したレイ・カースルで出会ったローンズリー牧師が、出版に関して良き相談相手になってくれました。牧師は詩集をはじめ、すでにいくつかの著書をもっていたからです。

とはいえ、『ピーターラビットとマグレガーさんの菜園のおはなし』を送った出版社からの返事は、芳しいものではありませんでした。しかしビアトリクスはそれにめげることなく、自分で費用を負担して２５０部を印刷する決意をかためます。タイトルを『ピーターラビットのおはなし』とあらためたその絵本は、クリスマスプレゼントとして親戚や知人に配られました。一部は一般にも販売されましたが、そのなかにはシャーロック・ホームズの作者コナン・ドイルも含まれていたとか。

そんななか、この私家版に興味をもったのが、ロンドンの出版社フレデリック・ウォーン社でした。モノクロの挿絵をすべてカラーにするなどの条件が提示されましたが、子どもが手に取りやすい小さな判型や求めやすい価格など、ビアトリクスの意向は尊重してもらえました。

１９０２年10月２日に出版された『ピーターラビットのおはなし』の初版８０００部は、予約ですべて売り切れ。すぐに増刷されて、翌年の年末までには５万部を超えるベストセラーとなったのです。

Courtesy of National Trust

Courtesy of a private collector

①30歳のノーマン。甥のフレッドと。②『ピーターラビットのおはなし』に続いて出版された、『りすのナトキンのおはなし』『グロスターの仕たて屋』『ベンジャミン バニーのおはなし』『2ひきのわるいねずみのおはなし』もまた、ベストセラーになった。写真はすべて初版本の表紙。③ヒルトップの入口に立つ47歳のビアトリクス。④ビアトリクスが暮らしていたころのままに守られているヒルトップ。

編集者ノーマンとの出会いと突然の哀しい別れ

『ピーターラビットのおはなし』を出版したフレデリック・ウォーン社は3人の兄弟を中心とした同族経営。編集者としてビアトリクスと直接やり取りしていたのは、末息子のノーマンでした。

作品に対する的確なアドバイスや誠実な人柄にふれるうち、ビアトリクスは次第に彼に信頼を寄せていきます。ノーマンもまた、次々と名作を生むビアトリクスを敬愛するようになりました。顔を合わせるのは絵本の打ち合わせの場だけでしたが、毎日のように手紙が交わされ、ふたりの間には愛情が芽生えていきます。

ビアトリクスが39歳になる直前の1905年7月25日、ノーマンはプロポーズの手紙を送りました。ポター家ではそもそも、娘が絵本作家として活動することに反対だった上、出版社という商売を営むウォーン家を見下していたため、両親は結婚をあきらめさせようとします。しかしビアトリクスはそれに屈することなくプロポーズを承諾し、婚約指輪が交わされました。

その直後、ノーマンは体調を崩して療養生活に入りますが、ビアトリクスは家族とともに西ウェールズのランベドゥルに旅立たなければなりませんでした。ノーマンの病状には回復の兆しが見られず、ロンドンから遠く離れた場所で、ビアトリクスは不安な毎日を過ごします。

8月25日、周囲の願いもむなしくノーマンはこの世を去り、ビアトリクスのもとにも哀しい報せが届きました。享年37、病名は急性白血病。幸せなはずの婚約期間は、わずか1か月で終わりを迎えました。

⑤ヒルトップを購入後、ビアトリクスは次々と作品を発表している。上段左から『ティギーおばさんのおはなし』（1905年）、『パイがふたつあったおはなし』（1905年）、『ジェレミー・フィッシャーどんのおはなし』（1906年）、『こねこのトムのおはなし』（1907年）、『こわいわるいうさぎのおはなし』（1906年）、『モペットちゃんのおはなし』（1906年）、『あひるのジマイマのおはなし』（1908年）、『ひげのサムエルのおはなし』（1908年）、『フロプシーのこどもたち』（1909年）、『「ジンジャーとピクルズや」のおはなし』（1909年）、『のねずみチュウチュウおくさんのおはなし』（1910年）、『カルアシ・チミーのおはなし』（1911年）、『キツネどんのおはなし』（1912年）。写真はすべて初版本の表紙。

フレデリック・ウォーン社の商品カタログ。クリスマス・シーズンを前にピーターラビット・シリーズが主力商品になっているのがわかる。

ヒルトップ農場に心癒され 次々と新作を発表した充実期

仕事の大切なパートナーであり、人生の伴侶にもなるはずだったノーマンを失った1905年、ビアトリクスにはもうひとつ大きなできごとがありました。少女時代からたびたび訪れ、いつかはここに住みたいと願っていたニア・ソーリー村のヒルトップ農場が売りにだされたのです。報せを受けたビアトリクスは、迷わず購入を決断します。資金には、これまで得た絵本の印税と叔母の遺産があてられました。

ノーマンとの別れを経た10月にビアトリクスはヒルトップを訪れ、12月に購入。その後、管理人であるジョン・キャノン夫妻のために農場の増築を進めます。年老いた両親のもとを離れるのはなかなか容易ではありませんでしたが、時間の許すかぎりロンドンや避暑の滞在先からヒルトップを訪れ、庭の手入れにも精を出しました。

かねてから良き理解者であり、プライベートでのつきあいもあったノーマンの姉ミリーの存在にも助けられました。ビアトリクスは彼女と悲しみを分かち合い、ヒルトップや小さな村で起きたことを頻繁に手紙に綴るうち、その内容は少しずつ明るさを増していきます。

豊かな自然のなかでの暮らしは、ビアトリクスの創作活動にも力を与えました。『パイがふたつあったおはなし』『ジェレミー・フィッシャーどんのおはなし』『あひるのジマイマのおはなし』『ひげのサムエルのおはなし』など、ヒルトップやニア・ソーリー村を舞台にした物語が続々と発表され、そのいずれもが人気の的に。絵本作家として、もっとも充実した時期となりました。

Courtesy of the The Frederick Warne Archive

Courtesy of National Trust

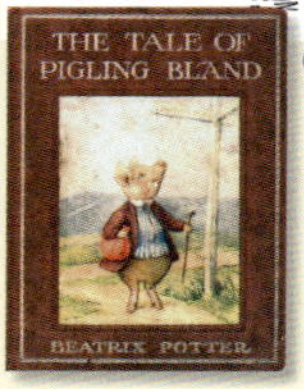

①結婚式当日のウィリアムとビアトリクス。写真は父のルパートが撮影している。②③ふたりの挙式は、ロンドンのケンジントン・ガーデンズの近くにあるセント・メアリー・アボット教会で行われた。④『こぶたのピグリン・ブランドのおはなし』(1913年)の初版本。新天地を目指すピグリンとピグウィグの姿は、ビアトリクスとウィリアムではないかと巷の話題になった。⑤ビアトリクスが描いた自由貿易反対、関税改革賛成を訴えるポスター。

版権ビジネスと農場経営の多彩な活動
そして、ウィリアムからの求婚

ノーマン亡きあと、フレデリック・ウォーン社の担当は長兄のハロルドが引き継ぎました。彼とビアトリクスは編集方針をめぐり意見が対立することも多く、決して良好な関係ではありませんでした。加えて印税の支払いが滞りはじめ、ビアトリクスを悩ませます。

一方、次々と新作絵本が出版されるなか、人形やゲームなどピーターラビットをはじめとするキャラクター商品が高い人気を呼びました。その開発や版権の管理にはビアトリクス自身もアイデアを出すなどして深く関わり、ビジネスウーマンとしての才覚も発揮していきます。とはいえ当時は、本の印刷はアメリカ、人形はドイツの方が安く、イギリスで生産された商品は値段の面で太刀打ちできない状況でした。不満を覚えた彼女は、輸出入にかかる関税改革を訴えるポスターを制作するなど、自由貿易反対の運動を積極的にサポートしました。

ヒルトップでは創作活動のかたわら、羊たちの飼育や農場の経営にも関心をもち、1909年に購入したヒルトップ近くのカースル・コテージほか、周辺の土地や農場を手に入れていきます。その際、事務的な処理を依頼したのが、ホークスヘッドで弁護士事務所を営む地元出身のウィリアム・ヒーリスです。

4年にわたる仕事のつきあいは互いに敬意を育み、やがてそれは愛情へと変わっていきました。そして1912年6月、ウィリアムはついにビアトリクスに結婚を申し込みました。ビアトリクスは45歳、ウィリアムは41歳のことでした。

⑥ビアトリクスとウィリアムの新居となったカースル・コテージ。⑦ふたりが日々散策を楽しんだモス・エクルス湖。⑧のちに母ヘレンが購入した、リンデス・ハウ邸。

両親の反対を乗り越え ようやく得た幸せ

ウィリアムとの結婚にあたっては、ビアトリクスの両親はまたしても強く反対しました。田舎の弁護士では、家の格が合わないというのが理由です。ビアトリクス自身も、結婚後、老いた両親の世話を誰がするのかということで心を悩ませ、しまいにはストレスで体調を崩して伏せってしまうほどでした。

そんな状況を好転させたのは、弟のバートラムです。当時、スコットランドに住んでいた彼は、11年前に密かに結婚していた事実を家族に打ち明け、両親を説得。プロポーズから1年以上を経た1913年10月15日、ビアトリクスとウィリアムの結婚式がロンドンのセント・メアリー・アボット教会で行われました。

その直前に出版された『こぶたのピグリン・ブランドのおはなし』は、主人公の2匹の子ぶたが困難を乗り越えて、あらたな世界へと旅立つという内容。ウィリアムとのことを書いたのではないか、という世間の噂をビアトリクスは否定しましたが、両親の束縛から逃れてようやくふたり一緒に暮らせるという幸せな思いは、物語に少なからずこめられたことでしょう。

ふたりはカースル・コテージで新婚生活をはじめましたが、その翌年の5月、最愛の父ルパートが闘病の末に帰らぬ人に。残された母ヘレンは、それまでに何度か借りていたリンデス・ハウ邸が売り出されたのを機に終の棲家として購入。ビアトリクスは母の世話をするため忙しく奔走することになりました。その頃のイギリスは第一次世界大戦に参戦中。心穏やかではない日々が続きます。

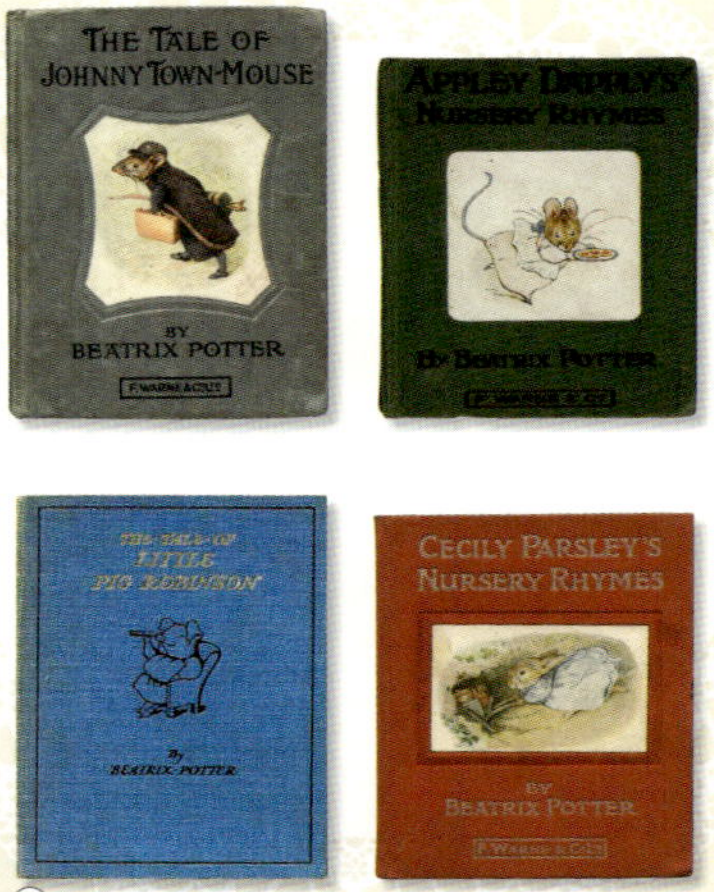

①

①右上から時計まわりに『アプリイ・ダプリイのわらべうた』(1917年)、『セシリ・パセリのわらべうた』(1922年)、『こぶたのロビンソンのおはなし』(1930年)、『まちねずみジョニーのおはなし』(1918年)の初版本。②～④『妖精のキャラバン』(1929年)の挿絵。てんじくねずみが主人公のこの話で、ビアトリクスは珍しく羊を物語に登場させた。

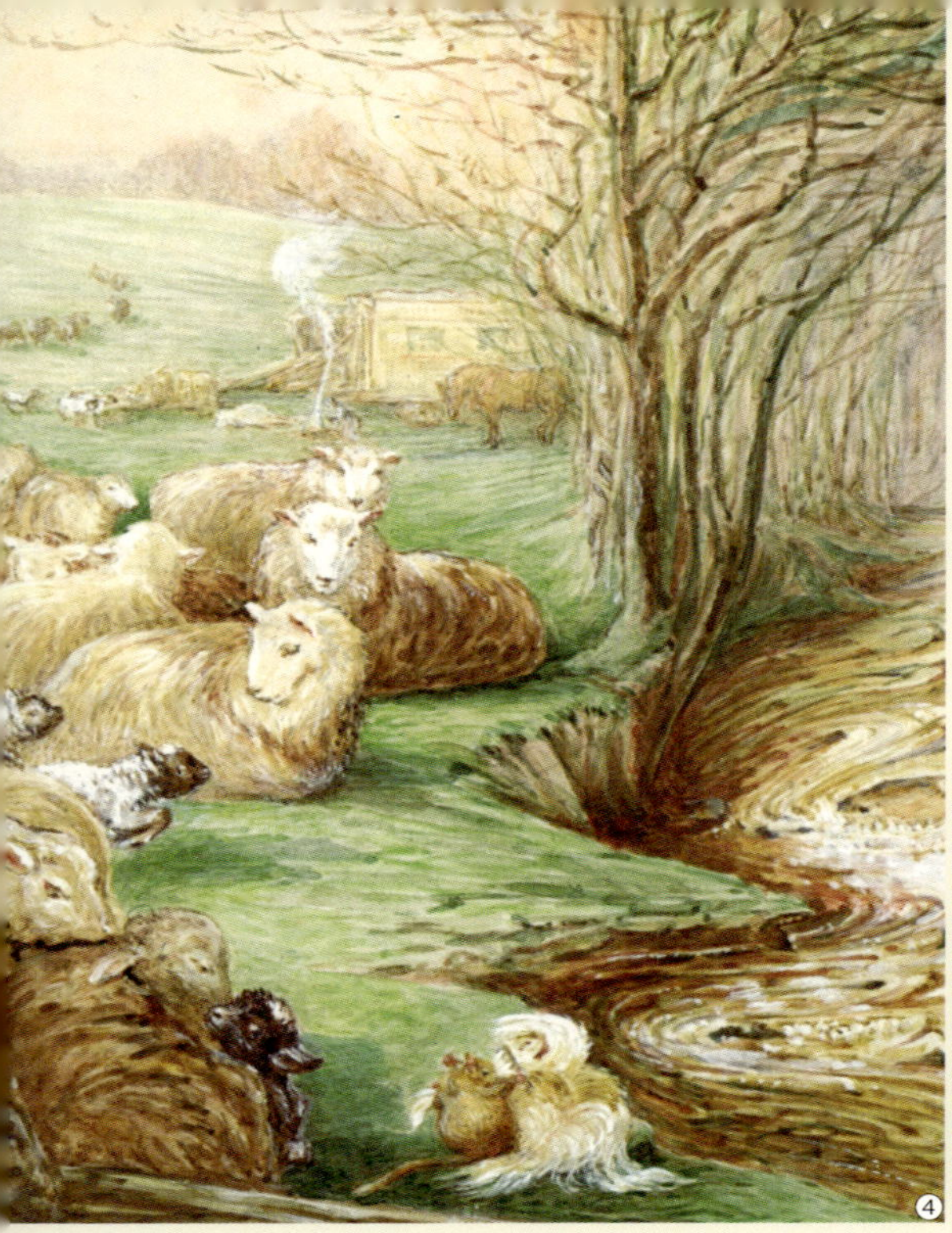
④
Courtesy of National Trust

③
Courtesy of National Trust

②

満ち足りた暮らしがもたらした創作活動への影響

ウィリアムとの結婚生活は満ち足りたものでしたが、1911年以来、フレデリック・ウォーン社からの印税の支払いが滞っていたことが、いぜんとしてビアトリクスの心に引っかかっていました。担当のハロルドにかけあっても進展はなく、1917年にはそのハロルドが会社の資金を使い込んだあげく、詐欺罪で逮捕されるという事件が起こります。

倒産寸前の危機にひんした会社の跡を継いだのは、弟のフルーイングでした。ビアトリクスは彼に同情し、協力を申し出ます。その後、『アプリイ・ダプリイのわらべうた』や『こねこのトムのぬりえ帖』が出版され、キャラクタービジネスも波に乗り、フレデリック・ウォーン社はふたたび息を吹き返しました。

一方で1918年には、弟バートラムが脳溢血のため46歳という若さで亡くなり、ビアトリクスは深い悲しみにくれました。その年、『まちねずみジョニーのおはなし』の出版の準備がすすめられるなか、ようやく戦争が終わります。ビアトリクスが52歳のときのことでした。

その後は農場の経営や作業に時間を取られたりと、多忙な日々が続きます。そんななかでもモス・エクルス湖周辺をウィリアムとともに散歩したり、カントリーダンスに夢中になっていた彼のおともで出かけるなど、ビアトリクスは幸せな生活を満喫していました。

しかしながらのどかな田舎暮らしのなかで、ビアトリクスは自分の創作意欲が次第にうすれていくのは否めませんでした。

⑦

Courtesy of Victoria and Albert Museum

⑤

Courtesy of Victoria and Albert Museum

⑨

Courtesy of Victoria and Albert Museum

⑧

Courtesy of Victoria and Albert Museum

⑥

Courtesy of Victoria and Albert Museum

⑤『ピーターラビットの暦（アルマナック）』の表紙と挿絵。⑥『アン姉さん』（1932年）の初版本。ビアトリクスは文章だけを担当し、挿絵は別の画家が描いた。⑦⑧疾病児童援助協会（ICAA）からの依頼に応じて描いたチャリティ用のクリスマスカード。⑨『こねこのトムのぬりえ帖』。

アメリカに向けた創作活動で 絵本への思いふたたび

『ピーターラビットのおはなし』をはじめ、ビアトリクスの絵本はイギリス同様、アメリカでも高い人気を得ていました。ビアトリクスもまた『カルアシ・チミーのおはなし』では挿絵にアメリカの動物たちを登場させるなど、海の向こうの読者を強く意識していました。

冷めかけていた彼女の創作意欲を刺激したのもまた、アメリカ人の女性でした。1921年6月にニア・ソーリー村のビアトリクスのもとを訪れた、ニューヨーク公共図書館で児童室の責任者を務めるアン・キャロル・ムーアです。絵本からその読者である子どもたちのことまで多岐にわたった彼女との会話は、しばらく遠ざかっていた絵本づくりへとビアトリクスを促しました。1922年に出版された『セシリ・パセリのわらべうた』は、アンとの出会いがきっかけになって完成した作品です。

その後、ふたたび農場経営に情熱を注いでいたものの、アメリカのディビッド・マケイ社から説得され、1929年には『妖精のキャラバン』というイギリスの民間伝承をもとにした物語が完成。この絵本は、アメリカでのみ販売されました。また、1930年の『こぶたのロビンソンのおはなし』は、アメリカ版の方が挿絵が多く使われています。

その後、1932年には、ふたたびマケイ社のためにフランスの作家シャルル・ペローの『青ひげ』をベースにした『アン姉さん』の物語を書きましたが、読者の反応は悪く、この作品を最後にビアトリクスは創作活動から身をひくことになります。

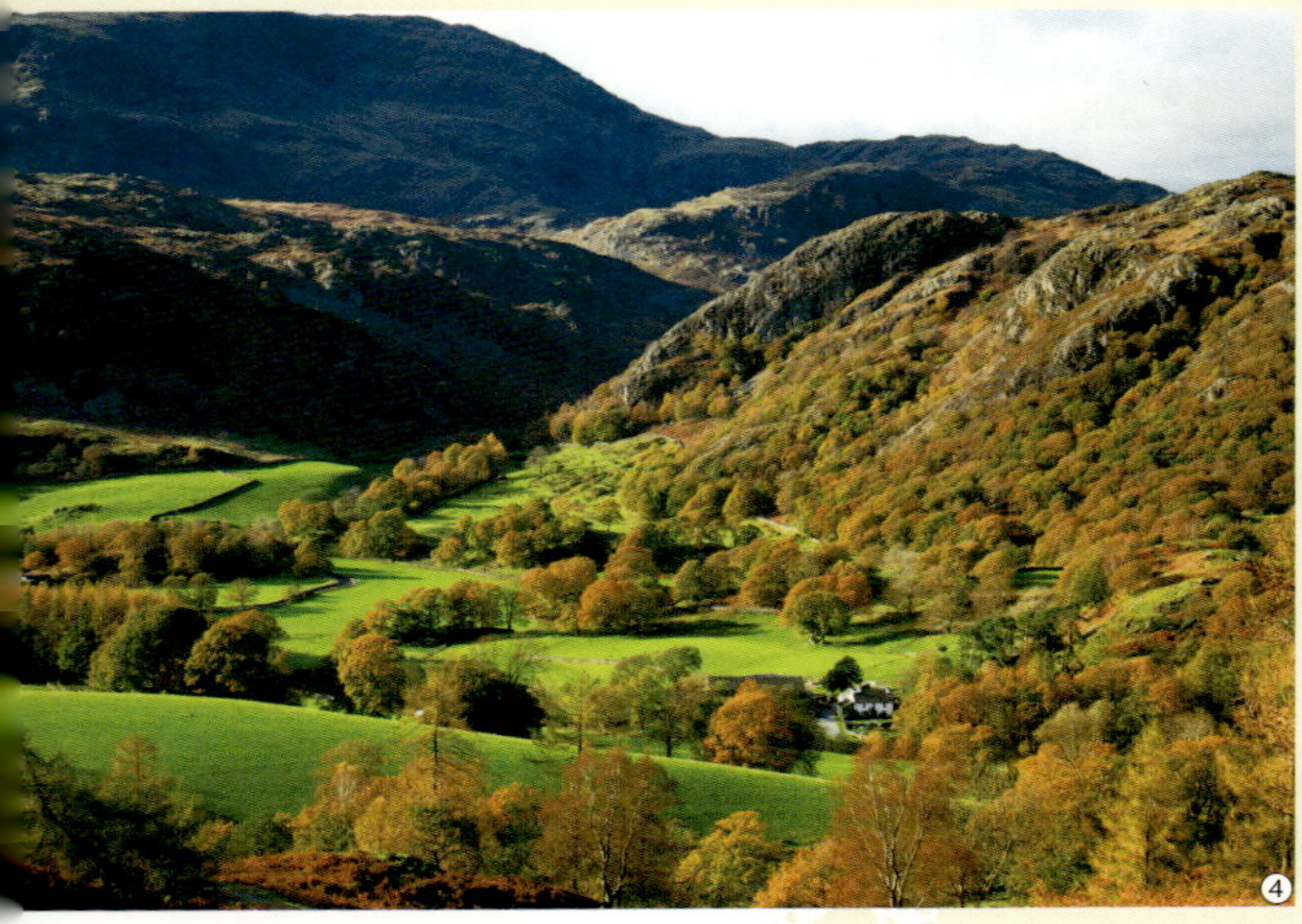

①トラウトベック・パーク・ファームは、トラウトベック・タングと呼ばれるエリアでビアトリクスが購入した農場。②ハウズ湖のナショナル・トラストの標識。③ビアトリクスが飼育改良したハードウィック種の羊。④広大なモンク・コニストンの土地にユー・ツリー・ファームがある。⑤売り出し中の農場を示すプレート。

湖水地方の美しい自然を守る
ナショナル・トラストへの貢献

ビアトリクスが生きたのは、産業革命の影響で量産が可能な工業化が進み、イギリスの社会や人々の暮らしが大きく変わりゆく時代でした。移動手段が馬車から自動車や蒸気機関車に変わって機動力を増すなか、ロンドンのような都市部はもちろん、穏やかな自然が広がる湖水地方にも開発の波は確実に押し寄せていました。

そんな状況にごく早い時期から危機感を抱いていたのが、ビアトリクスが敬愛し、絵本の出版にあたっては最大限の助力をしてくれたハードウィック・ローンズリー牧師です。1895年、社会活動家のオクタヴィア・ヒル、弁護士のロバート・ハンターとともに、ローンズリー牧師は自然保護団体ナショナル・トラストを設立。牧師から多大なる影響を受け、みずからも湖水地方の景色を深く愛していたビアトリクスもまた自然保護活動に関心をいだきました。絵本の印税収入を得るようになってからは、積極的に土地や農場を買い進めていきます。

その意志は、1920年に牧師が亡くなったあとも変わりませんでした。1923年には広大なトラウトベック・パーク・ファームを、1929年にはハウズ湖などを含むモンク・コニストンの土地を購入し、土地の分割を防ぐ活動に努めました。

一方でビアトリクスは、所有する土地を自身の足でまわり、家畜の品評会では優勝をはじめ数多くの賞を受賞するなど、農場経営でも力を発揮するようになりました。ハードウィック種という羊の飼育者の協会では議長を務めるほど、その才覚は周囲も認めるものでした。

Courtesy of National Trust

⑥ハードウィック種の羊は寒さに強く、湖水地方の気候に合っている。⑦農場の管理人トム・ストーリーとビアトリクス。1930年の品評会で優勝したときの写真。⑧ユー・ツリー・ファームは、1694年に建てられた。⑨放羊犬と戯れるビアトリクス。⑩愛犬ケップの水彩画。⑪静寂に包まれたハウズ湖。

Courtesy of National Trust

Courtesy of the Linder Collection

愛する湖水地方に ビアトリクスがたくしたもの

晩年のビアトリクスは創作活動から完全に離れ、ファーマーとして忙しく暮らしていました。羊の毛を織ったツイードのジャケットとスカート姿で、農場から農場へと歩きまわる毎日。文明の利器を嫌い、湖水地方に電気がともるようになっても受け入れず、昔ながらにランプの灯りに頼っていたため、視力が落ちてしまうという、意志の強さが招いた弊害もありました。

１９３２年には、母のヘレンが93歳で永眠。当時66歳になっていたビアトリクス自身も体調を崩すことが多くなり、次第に老いを感じるようになります。１９３９年には第二次世界大戦がはじまり、敵機の爆音が湖水地方の静寂をやぶることも。そんななかでも絵本は国内外で売れ続け、とくにアメリカからは引き続き多くのファンレターが届いてビアトリクスを驚かせました。

彼女が77歳でこの世に別れを告げたのは、１９４３年12月22日のこと。遺言により遺灰はニア・ソーリー村の「ジマイマの丘」と呼ばれる場所にまかれ、４３００エーカーを超える土地と16の農場やコテージが、ナショナル・トラストに寄贈されました。最期まで互いにいたわりあい、幸せを分かち合ってきたウィリアムの悲しみは深く、１９４５年、あとを追うように逝きました。

ビアトリクスが遺した土地はナショナル・トラストの活動の礎となり、ヒルトップ農場をはじめ湖水地方の景色は今も当時のままです。そして『ピーターラビットのおはなし』は、出版から１００年が過ぎた今も世界中の子どもたちから愛され続けています。

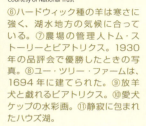

はるの　あるはれたごご、ジマイマは　よそゆきのショールをかけ、

ボンネットをかぶって、おかの　ばしゃみちを　のぼっていきました。

おかの　ちょうじょうに　ついてみると、とおくに森が見えました。

あそこなら、しずかで　じゃまをするものもなさそうだと、ジマイマはおもいました。

——ビアトリクス・ポター作・絵『あひるのジマイマのおはなし』（いしいももこ／訳　福音館書店）より

ビアトリクスの遺灰は彼女の遺言により、信頼する羊飼いトム・ストーリーによって「ジマイマの丘」にまかれた。
彼は約束を守り抜き、その正確な場所を誰にも明かさなかった。

1906	40歳	『ジェレミー・フィッシャーどんのおはなし』出版。＜7月＞ 『こわいわるいうさぎのおはなし』『モペットちゃんのおはなし』がパノラマ版で出版。＜11月＞
1907	41歳	『こねこのトムのおはなし』出版。＜9月＞
1908	42歳	『あひるのジマイマのおはなし』出版。＜8月＞ 『ひげのサムエルのおはなし』出版。＜10月＞ ホークスヘッドの弁護士ウィリアム・ヒーリスと知り合う。
1909	43歳	ニア・ソーリー村のカースル・コテージを購入する。 『フロプシーのこどもたち』出版。＜7月＞ 『「ジンジャーとピクルズや」のおはなし』出版。＜10月＞
1910	44歳	『のねずみチュウチュウおくさんのおはなし』出版。＜7月＞
1911	45歳	『カルアシ・チミーのおはなし』出版。＜10月＞
1912	46歳	『キツネどんのおはなし』出版。＜10月＞
1913	47歳	『こぶたのピグリン・ブランドのおはなし』出版。＜10月＞ ウィリアム・ヒーリスと結婚。＜10月＞
1914	48歳	父ルパートが亡くなる。＜5月＞　第一次世界大戦開戦。＜8月＞
1915	49歳	母ヘレンがリンデス・ハウ邸を購入し、ロンドンより移り住む。＜5月＞
1917	51歳	『アプリイ・ダプリイのわらべうた』出版。＜10月＞
1918	52歳	弟バートラムが亡くなる。＜6月＞　第一次世界大戦終結。＜11月＞ 『まちねずみジョニーのおはなし』出版。＜12月＞
1922	56歳	『セシリ・パセリのわらべうた』出版。＜12月＞
1923	57歳	トラウトベック・パーク・ファームを購入。
1928	62歳	『ピーターラビットの暦（アルマナック）』出版。＜9月＞
1929	63歳	『妖精のキャラバン』アメリカで出版。＜10月＞ モンク・コニストンの土地を購入する。
1930	64歳	『こぶたのロビンソンのおはなし』出版。＜9月＞
1932	66歳	『アン姉さん』アメリカで出版。＜12月＞ 母ヘレンが亡くなる。＜12月＞
1939	73歳	第二次世界大戦開戦。
1943	77歳	12月22日他界。 遺言で、土地、農場、コテージをナショナル・トラストに寄贈。

The Life of Beatrix Potter™
ビアトリクス・ポター™ 年譜

1866	0 歳	7 月 28 日、ロンドン、サウスケンジントンのボルトン・ガーデンズ 2 番地で誕生。
1871	5 歳	スコットランド・ダルガイズ荘で夏の休暇を過ごす。
1872	6 歳	弟バートラム誕生。
1881	15 歳	暗号で日記をつけ始める。
1882	16 歳	湖水地方をはじめて訪れ、レイ・カースルに滞在。ローンズリー牧師に出会う。
1883	17 歳	弟バートラムが寄宿舎に入る。ミス・ハモンドに代わり、アニー・カーターが家庭教師に。
1885	19 歳	アニー・カーターが結婚。ポター家を離れる。
1887	21 歳	リュウマチ熱で健康を損なう。
1890	24 歳	ヒルデスハイマー＆フォークナー社にカードの絵が売れる。 詩集『幸福な二人づれ』に絵が採用される。
1892	26 歳	スコットランド・バーナムのヒース・パーク邸で夏の休暇を過ごす。 パースシャーの博物学者マッキントッシュと出会い、きのこ研究に取り組む。
1893	27 歳	スコットランド・ダンケルドのイーストウッド荘から、5 歳のノエル・ムーアに 『ピーターラビットのおはなし』のもとになる絵手紙をお見舞いとして送る。＜ 9月＞
1894	28 歳	スコットランド・コールドストリーム近郊のレンネル荘で夏の休暇を過ごす。 きのこの観察に熱中。
1895	29 歳	ナショナル・トラストが創立される。
1896	30 歳	湖水地方のニア・ソーリー村にあるレイクフィールド邸に滞在。
1897	31 歳	リンネ学会できのこの研究論文を発表。その後、きのこ研究はあきらめる。
1901	35 歳	私家版『ピーターラビットのおはなし』出版。
1902	36 歳	『ピーターラビットのおはなし』フレデリック・ウォーン社から出版。＜ 10月＞ 私家版『グロースターの仕たて屋』出版。＜ 12月＞
1903	37 歳	『りすのナトキンのおはなし』出版。＜ 8 月＞ 『グロースターの仕たて屋』出版。＜ 10月＞
1904	38 歳	『ベンジャミン バニーのおはなし』『2 ひきのわるいねずみのおはなし』出版。＜ 9月＞
1905	39 歳	湖水地方のニア・ソーリー村のヒルトップ農場を購入。 ノーマン・ウォーンから結婚を申し込まれる。＜ 7月＞　ノーマンが急性白血病で急死。＜ 8月＞ 『ティギーおばさんのおはなし』出版。＜ 9月＞ 『パイがふたつあったおはなし』出版。＜ 10月＞

THE TALES OF PETER RABBIT

ピーターラビット・シリーズ

『ピーターラビットの
おはなし』
1902

『りすのナトキンの
おはなし』
1903

『グロースターの
仕たて屋』
1903

『ベンジャミン バニーの
おはなし』
1904

『２ひきのわるいねずみの
おはなし』
1904

『ティギーおばさんの
おはなし』
1905

『パイがふたつあった
おはなし』
1905

『ジェレミー・フィッシャーどんの
おはなし』
1906

『こわいわるいうさぎの
おはなし』
1906

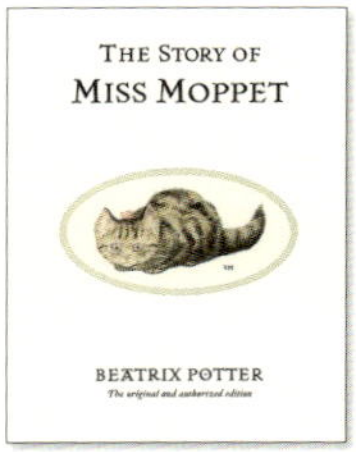

『モペットちゃんの
おはなし』
1906

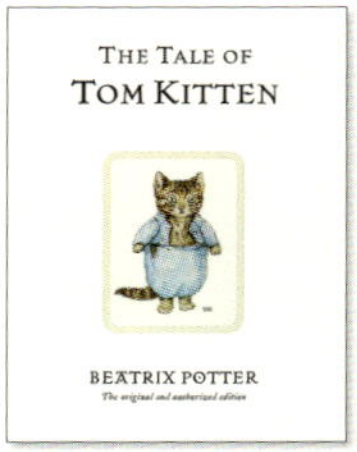

『こねこのトムの
おはなし』
1907

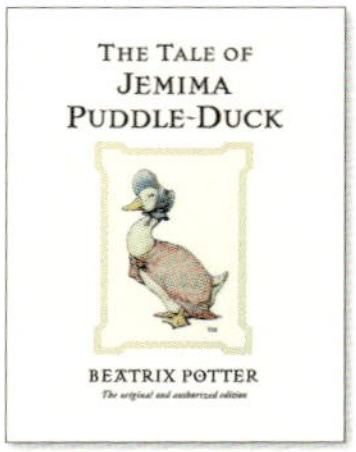

『あひるのジマイマの
おはなし』
1908

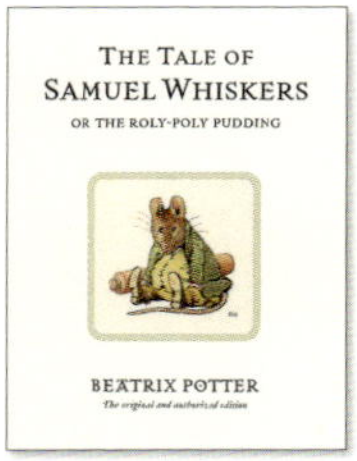

『ひげのサムエルの
おはなし』
1908

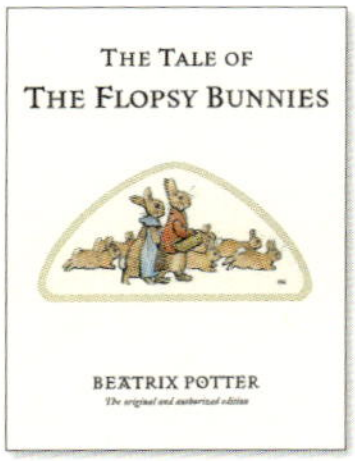

『フロプシーの
こどもたち』
1909

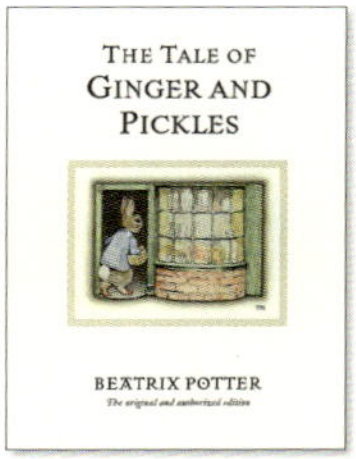

『「ジンジャーとピクルズや」の
おはなし』
1909

『のねずみチュウチュウ
おくさんのおはなし』
1910

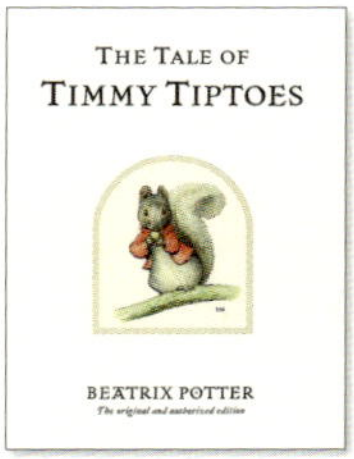

『カルアシ・チミーの
おはなし』
1911

『キツネどんの
おはなし』
1912

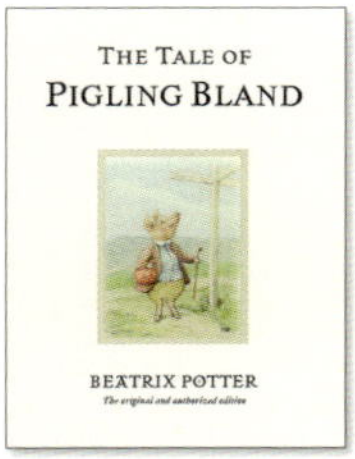

『こぶたのピグリン・
ブランドのおはなし』
1913

『アプリイ・ダプリイの
わらべうた』
1917

『まちねずみジョニーの
おはなし』
1918

『セシリ・パセリの
わらべうた』
1922

『こぶたのロビンソンの
おはなし』
1930

『ずるいねこのおはなし』※
ビアトリクス・ポター 作・絵
間崎ルリ子 訳 福音館書店
1988

※日本では、絵本シリーズの１冊として刊行されています。

ビアトリクス・ポターの人生を追い続けて

今から40年前、ロンドンで暮らしていたころ、骨董通りの古本屋に並ぶ数多くの本の中、大雪を背景に老婆と羊が並んでいる写真が目に飛び込んできた。英国・湖水地方の美しい写真集だった。

帰国後は、雑誌や広告などのモデル撮影で英国のカントリーサイドを何度も訪れる機会があったのだが、40代半ばにもなると待てど暮らせど仕事が入らず悶々とする時期が私に訪れた。

そんなある日、何気なく書棚の奥にしまってあったその写真集を眺めているうちに、無性に湖水地方に行きたくなった。どのように撮影すればよいのか迷いながら、ひたすら湖水地方を走り続けたことを昨日のことのように思い出す。湖水地方には、さまざまな表情の湖が点在し、中でもサプライズビューの高台から眺めるダーウェント湖は、絵画のような美しい表情を私に見せてくれた。風や雲の流れ次第で次々と表情を変える湖水地方に、すっかり私は魅せられてしまった。

あれから30年以上、ビアトリクス・ポターの足跡をたどって英国中を撮影し続けてきた。ビアトリクスは日本のガイドブックでは紹介されていない数多くの美しいリゾート地を家族と訪れている。撮影で各地を訪れて、再び湖水地方に戻ってきたとき、ニア・ソーリー村を心から愛し、終の棲家としたビアトリクスの気持ちが、わかるような気がした。

2000年、湖水地方の写真展を開催したときに出会った編集者の瀬島明子さんとその2年後、『英国で一番美しい村々・コッツウォルズ』を出版することができた。あれから16年、生誕150周年に当たる年に、再び出版の話が持ち上がった時、「人生は人と人との不思議な出会いの連続である。その繋がりは奇跡的でさえある」と感じた。

最後に、この場をお借りして、これまで私の出版物に関わってくださったすべての皆さまに、心からの感謝の気持ちを伝えたい。

2016年9月吉日　辻丸純一

ビアトリクスの息吹が感じられる写真が美しい

今回、監修者ということで、本文の事実関係や文章をチェックした。出版までにこれほど時間がかかるとは思わなかった。理由は辻丸純一氏が撮影した美しい写真のせいである。湖水地方を中心とした風光明媚な景色は言うまでもなく、ビアトリクスが家族とともに、この地に春と夏の長期旅行に出かけたのだと、心躍らせながら写真に魅入り、当時の彼女の日記を読み始め、家族でどんな会話をしていたのだろう？ 一家団らんの楽しい時間をどのように過ごしていたのかしら？　と想像の世界に入り、作業が中断してしまうのだった。

本書の眩いほどの数々の写真は、ビアトリクスがあの世からやってきて、つねに辻丸氏のそばに付き添いつつ、ふたりで撮影されたもののように思える。ビアトリクスの生き生きとした息吹が感じられる写真なのである。辻丸氏はかつて『ビアトリクス・ポターが残した風景』（メディアファクトリー）という写真集を上梓したが、今回の書籍は文章も多く、ビアトリクスのことを深く知ることができる楽しい読み物に仕上がった。

本書の制作にあたり、編集者の瀬島明子氏には献身的なお世話をいただきました。またピーターラビットのファンならば誰でも知っているＨＰ「ラピータの部屋」主宰の小林和子氏からは多大な協力を得ました。心より感謝いたします。

2016年9月吉日　河野芳英

辻丸純一　Junichi Tsujimaru

1948 年長崎生まれ。写真家。1968 年に東京写真専門学院を卒業後、広告写真家の鋤田正義氏に師事。1973 年から、フリーで活動を始める。以後雑誌や広告写真などを多数手がける他、個展も開催。1977 年～ 79 年、英国に滞在。中でも湖水地方に魅せられ、それ以後ビアトリクス・ポターゆかりの地を撮影し続ける。 著書に『英国で一番美しい村々・コッツウォルズ』（小学館）『ビアトリクス・ポターが残した風景』（共著・メディアファクトリー）などがある。

河野芳英　Yoshihide　Kawano

1959 年東京生まれ。大東文化大学文学部英米文学科教授。1989 年以降、3 回にわたり、オックスフォード大学ペンブローク・コレッジに客員教授として滞在。2009 年に、ビアトリクス・ポターがナショナル・トラストに 遺贈したすべての土地と農場を視察。著書に『ピーターラビットの世界へ』（河出書房新社）がある。「英国ビアトリクス・ポター協会」リエゾン・オフィサー、「大東文化大学ビアトリクス・ポター資料館」運営委員。

＜主な参考文献＞

『ビアトリクス・ポター　描き、語り、田園をいつくしんだ人』（著／ジュディ・テイラー、訳／吉田新一　2001 年　福音館書店）
『ビアトリクス・ポター　ピーターラビットと大自然への愛』（著／リンダ・リア、訳／黒川由美　2007 年　ランダムハウス講談社）
『ピーターラビットからの手紙』（監修・文／吉田新一、文／塩野米松、撮影／中川祐二　1990 年　求龍堂）
『ビアトリクス・ポターを訪ねるイギリス湖水地方の旅』（著／北野佐久子　2013 年　大修館書店）
『ピーターラビットと歩くイギリス湖水地方　ワーズワース＆ラスキンを訪ねて』（文／伝農浩子、写真／辻丸純一　2005 年　JTB パブリッシング）
『ピーターラビットコレクション 1～6 0』（デアゴスティーニ　2007～2009 年）ほか

ピーターラビット™のすべて
ビアトリクス・ポター™と英国を旅する

2016 年　9 月 21 日　初版第 1 刷発行
2025 年　7 月 15 日　　　第 8 刷発行

文・写真　辻丸純一
監修　河野芳英

発行者　北川吉隆
発行所　株式会社 小学館
〒 101-8001　東京都千代田区一ツ橋 2-3-1
電話　03-3230-5389（編集）
03-5281-3555（販売）
印刷所　TOPPAN クロレ株式会社
製本所　株式会社若林製本工場

ISBN978-4-09-388507-2

©Junichi Tsujimaru 2016　Printed in Japan

装丁・デザイン／オリーブ・グリーン（馬嶋正司・森山 典）
編集協力／ティータイム、小林和子
校閲／小学館出版クォリティーセンター
編集／瀬島明子

Courtesy of National Trust

BEATRIX POTTER™ © Frederick Warne & Co., 2016. Frederick Warne & Co. is the owner of all rights, copyrights and trademarks in the Beatrix Potter character names and illustrations. Licensed by Sony Creative Products Inc.

＊造本には十分注意しておりますが、印刷、製本など製造上の不備がございましたら「制作局コールセンター」（フリーダイヤル 0120-336-340）にご連絡ください。（電話受付は、土・日・祝休日を除く 9 時 30 分～17 時 30 分）
＊本書の無断での複写（コピー）、上演、放送等の二次利用、翻案等は、著作権法上の例外を除き、禁じられています。
＊本書の電子データ化等の無断複製は著作権法上の例外を除き禁じられています。代行業者等の第三者による本書の電子的複製も認められておりません。